U0079374

冏小孩的
天使計畫

人物介紹

楊立國（阿立）　十四歲

個性認真好強，對自己的冏家庭感到自卑，討厭有錢人，最大的夢想是讓奶奶和弟弟過好生活，內心深處渴望獲得支持與認同。

安麒　十四歲

「天使計畫」總召，個性自戀的有錢少爺，阿立的同學，熱愛公益服務。有個因心臟病去世的雙胞胎妹妹。

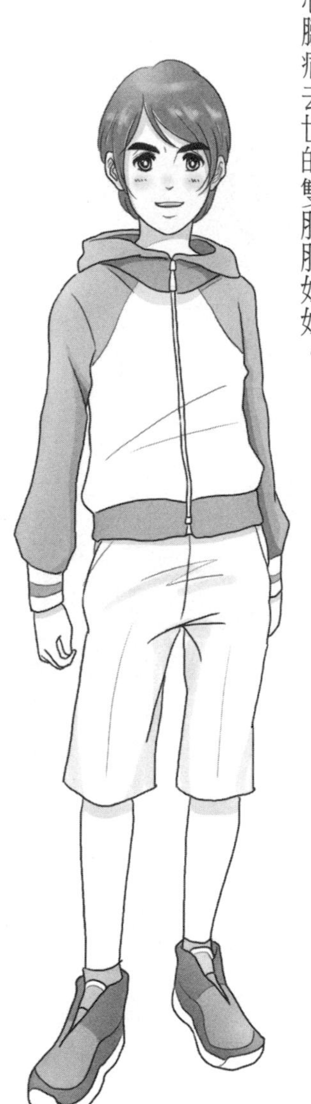

阮老師

資源班老師，個性豪爽少根筋，「天使計畫」的指導老師。

楊阿嬤　七十歲
阿立的奶奶，做資源回收為生，獨自扶養兩個孫兒。

楊添財（天天）　十歲
阿立的弟弟，就讀資源班的遲緩兒，喜歡看動畫和吃肉。

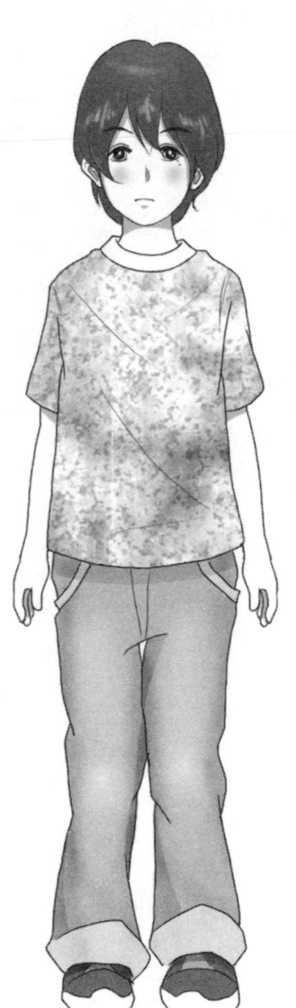

益哥

地方小混混，經常在廟宇附近閒晃，個性狡猾，為達利益不擇手段。

阿召　十五歲

益哥的小跟班，中輟生，善長慫恿他人。

目次

人物介紹 002
01 阿立的夢想 007
02 天使計畫 017
03 孤獨王子 029
04 危急時刻的報名表 041
05 小技巧 055
06 弟弟與妹妹 075
07 抉擇 097
08 暫停的心跳 133
09 全體總動員 155
10 糾纏不休的惡混 169
11 借來的勇氣 181
12 「心」的方向 195

01 阿立的夢想

我最後一次見到媽媽，是在安寧病房的最角落，陽光沒有像電影裡頭那樣從窗戶灑落進來，畢竟我們在最角落嘛！窗簾也沒拉開，房間裡陰陰暗暗的，冷氣吹的我直發抖。

那時的我是個六歲的小毛頭，個子小到只能勉強搆到病床，當然不了解對我們這種依賴健保的人來說，能順利在這獲得一席健保床位，算是抽到上上籤啦！我那時看到阿嬤一直感謝社工，只覺得大人好奇怪，為什麼要那麼客套？

「……」我媽留下最後一句話，就沒睜開過眼了，但我卻記不起她說了什麼？我為此後悔了許久，覺得如果記得，或許我的人生會有不一樣發展。

就在媽媽危急的當時，天天正吸著自己的手指頭把玩，他還太小，看不出是遲緩兒。據說遲緩兒是越早發現越好，早發現早治療，說不定還趕得上一般小孩的發育。

不過平心而論，我家的情況有點複雜啦！沒有人有空好好關心天天，只要他吃飽睡暖，我們就滿足了，所以拖到天天都上小一了，老師跟我們提醒，我們才注意到，和同年齡的孩子比起來，天天竟然連筆都還拿不好。

我們也只能自我安慰，人生不如意事，十有八九，只能多看樂觀的那一面。

從老媽闔眼後，一直到喪禮結束，老爸依舊沒出現，他原本是普通的上班族，後來轉職成了職業賭鬼、業餘討債鬼。喪禮時沒看到他，我們還鬆了一口氣。上個月見到他時，他打傷了阿嬤和我，還好我死命護著天天，不然連天天都會遭殃。

他通常一個月來家裡一次，為了要錢。

喪禮結束後，阿嬤抱著我和天天一直哭，我也在哭，天天還太小，不知道發生了什麼事，但因為我們哭，所以他也跟著哭。我只記得天天的體溫好溫暖，比社工姐姐買給我的便當還溫暖。天天那時還不會說話，普通的孩子四歲就很會說話了，但天天只會哭。

一轉眼就過了八年啦！我理所當然成為了「頂天立地」的男子漢，天天則是就讀附小的資源班，教室和我念的國中相鄰，跨過一片青綠的草皮就到了。

天天小我四歲，是媽媽留給我的寶貝弟弟，也是個遲緩發展的天使……其實，如果沒有天天，我可能已經任隨自己在街頭流浪，或加入幫派成為吸毒嗑藥、消耗生命的墮落少年了。但每次牽著天天比我還要小許多的手，軟綿綿又暖烘烘的，說

來丟臉，我竟然會覺得有點熱淚盈眶，因為有雙弟弟的手要牽，我也因此不誤入歧途，墮落什麼的根本沒想過，只想守護我的天使弟弟一輩子，哼！這大概也算是種男子漢的浪漫吧！

天天的外表和一般十歲小孩一樣，但他的精神年齡只有五歲，所以已經小三了還在學習拿筆寫字。但天天可會說話了，而他的不同凡響將會在之後大放異彩，讓我們的生命從此有著決定性轉變。

根據其他阿姨們的說法，天天長得很「萌」大概是因為有著水汪汪的大眼睛配上白皙皮膚吧！她們總是要我多看著他，不要讓他被怪叔叔帶走，我倒覺得小心那些阿姨們比較實在，畢竟，她們看他的眼神實在太熱烈了，還總是趁我不注意時偷捏他粉嫩的小臉。

我每天晚上都要幫天天複習功課，確認他緩慢但持續的學習進度。我對照顧天天可是一點怨言都沒有……好啦！可能有一點……身為家裡唯一的男子漢，一家之主的我可是很看重面子，老是帶著一個小鬼到處跑，成何體統。

從小學開始，我就經常被取笑是「褓父」或「看家狗」，比起同年齡的小孩，我不能一放學就去玩，要照顧天天，沒辦法在假日時賴床，要帶天天去做早療，就是早期療育，復健之類的課程，還要記錄天天的學習狀況，照顧弟弟這件事，我可是從小就練就一身好功夫呢！唉……

剛剛提過，身為一家之主的我其實還只是個國中生，基本上家裡的經濟來源，倚靠阿嬤做資源回收和社工姐姐們幫忙申請的補助，林林總總加起來，生活還算過得去。

可惜，三不五時會現身的討債鬼總是能輕易破壞收支平衡。

每次賭鬼老爸出現要錢，我都想盡辦法阻止阿嬤，但阿嬤總是心軟，乖乖掏腰包給錢，結果就是發生入不敷出的狀況，就像現在。

「阿嬤！現在好了，這個月才剛開始，所有的錢都被拿光了，那我們吃什麼？天天要怎麼去上復健課？」

我想起天天的輔導老師，有著一張狐狸臉，長相圓圓胖胖的阮老師。她當然會寬限我們繳費，但只要一想到得對她低聲下氣，我男子漢的面子要往哪裡擺？

「唉唷！小孩子不要那麼愛計較，他畢竟是你阿爸，你多讓他一點……」阿嬤露出沒有牙齒的微笑說道。

她剛把假牙摘下來泡在水杯裡，沒有牙齒的笑容看起來特別詭異，好像一隻嚼著嘴的「哈巴狗」。

「嗯……」

我默默點頭反駁：「既然他是阿爸，那為什麼不是他拿錢給我們？」

「欸……」只見阿嬤轉頭走進院子裡開始整理寶特瓶罐。

每次說到這個，阿嬤就開始裝忙，她對自己的賭鬼兒子也完全沒轍。我想，阿嬤也是在現世行走的鬼魂之一吧！可能是「倒霉鬼」或「還債鬼」之類的。每當這個時候，我的怒氣就會直衝腦門，把腦細胞都蒸發掉了，卻又無可奈何。

為了生活，我發展出賺取零用錢的能力。

暑假是最寶貴的打工時段，當然我還不到打工的合法年紀，只能算是幫忙認識的人，藉機賺點零用錢花用。我就是在打工時認識了這輩子第一個大哥——益哥，一個在廟裡工作的男子漢。

第一次見到益哥，是我十歲時，那時還只是個小鬼的我，正在學著訓練年紀尚小的天天上廁所。雖然，他現在可俐落了，但那時還不太會，一再耍脾氣亂尿尿，失去耐心的我跑到廟會裡去偷懶，結果被益哥發現，他不但沒有趕我走，也沒有問我從哪來，就只是給我一些吃的，然後叫我幫忙打雜。

晚上回家前，還給了我一些零用錢，我從此決定要一輩子追隨益哥……可惜幻滅了……益哥後來收留了馬屁精「阿召」跟班，而阿召在不久之後，協助益哥粉碎了我的男子漢憧憬。在那之前，阿召還只是我在廟裡打工的同事，然而現在，為了彌補老爸拿走的生活費，我牽著天天充當信徒，參加廟會遊行，而阿召，則負責敲鑼打鼓。

除了有零用錢，我喜歡參加廟會的原因之一是……有時候可以多撿幾個沒人要的便當，但……今天我們回來太晚，便當只剩下一個……我盯著手上唯一的便當，自我安慰著……偶爾也是會有這種情況的，唉！

「阿立！只拿到一個啊？沒差吧！反正你那白痴弟弟也吃不了多少。」阿召事不關己的說。

我不屑和他爭論，迅速帶著天天來到廟裡的辦公室，準備飽餐一頓。

「天天！這塊肉給你吃。」

「啊！」天天邊張嘴吃肉，邊緊盯著辦公室的電視不放，電視正在播放他最近迷上的卡通「光之天使」。卡通中的小女孩會穿著可愛的蕾絲套裝打擊怪物，明明劇情假的要命，而且每次發展都一樣，連我都猜得出來，但這種節目卻很受小孩歡迎。

不同於天天，我的腦中還在幻想著阿召那訕笑的嘴臉真想狠狠打他一拳，哼！等著瞧吧！雖然我們兄弟倆現在必須分食一個便當，但不久之後，我會讓那些瞧不起我們的人好看的！

「天天！哥哥一定會為你準備最好的師資，讓所有人都對你刮目相看！還要讓阿嬤住進豪宅裡，再也不用做回收來過活！」我熱情的宣誓著。

「阿立！你的臉上有飯粒。」天天表情認真的提醒我。

「唉……」

根本沒在聽我說話，不愧是天天，天才添財，一下就可以讓我奮發向上的鬥志

熄滅，我乖乖撿起嘴邊的飯粒吃掉。

廟會結束後，我牽著天天的手想去幫忙阿嬤工作，那是位在城市邊緣的私人回收場，阿嬤會在城市裡收集回收物後，再用推車推到那裡去賣，有時候就會直接在回收場裡做整理和分類。

為了省錢，不管到哪，我通常都帶著天天快步走去，就當作是健身囉！是男人理所當然要有運動的習慣。

就在我沉浸在自己是個男子漢的思緒中時，一個熟悉的人影躍入眼角餘光，我趕緊拉著天天閃進小巷子裡，免得被認出來。

迎面而來，不就是我們班最優秀的「安麒」嗎？我抬頭看了一眼他走進的建築物，社會福利發展之家？

安麒的老爸是市裡最大的連鎖餐廳老闆，而老媽則是汽車旅館集團的負責人，他就是所謂的人生勝利組，含著金湯匙出生的人，學校的女生們都稱他是「安麒王子」，我則叫他「笨蛋王子」，這種人來這個地方做什麼？

哼！反正不管他做什麼都和我沒有關係就是了，我最討厭有錢人了。

我拉著天天往反方向繞路離開，就是不想和王子碰頭，這時的我還天真以為，自己的命運握在自己手上……其實一點也不然。

笨蛋王子接下來的日子，將會完全展現自己是笨蛋的真相，請各位拭目以待！當然啦！當時我也還不知道，為了這金光閃閃的傢伙，我做為一個堂堂正正的男子漢夢想，會被踩在地上，消失的蕩然無存。

如果早知道，我肯定連和他說話都保持距離。

02 天使計畫

暑假結束，山邊城鎮被蟬叫聲籠罩的時節終於到了尾聲，而這個暑假，託「益哥」之福，我也算小有收穫。

國二的新學期才剛開始，我們的班導──純純小姐，就顯得太有朝氣。她總是穿著小碎花裙加白襯衫，活生生是七零年代電影裡走出來的過氣明星。雖然打扮過時，但她人很好，賞罰分明公正、教學認真，只是很愛碎念又愛哭而已。

「各位同學，相信大家暑假都過得多采多姿……」

以下省略，班會已經過了三十分鐘了，純純小姐還在精神喊話，這節課看來是毫無進度了，連新班長還沒選呢！不過十之八九會是笨蛋王子連任吧！

坐在前排，自認是本班「萬事通」的阿龐轉過頭，利用老師的視線死角，偷偷模仿她講話的樣子，他誇張的表情害我不小心笑出聲來，馬上被自以為是班花兼風紀就臭屁的要命，以維持秩序為終生任務的「甄美」瞪了一眼。

「只要有付出，就一定會有收穫。相信各位已經完成暑假作業了，現在就請大家依序從後面收上來。」

暑假作業？老師你幫幫忙，我一分鐘幾十塊上下耶！我是指電子零件的家庭代工啦！用特製的工具在面板上戳出大小相等的數百個凹痕，簡單但卻需要耐心和專注力的工作。

完成一個面板的工資是二十元，我已經做到一小時可以刻上好幾個，雖然工資不少，但是這種代工不常有，全看阿嬤人面才接的到呢！整個暑假，沒有廟會的日子，我就忙著家庭代工和回收分類，哪來的美國時間寫功課呢？

當然這種話不能說出口啦！所以……我就站在教室後面罰站了。

純純小姐要求沒繳作業的同學，今天上她的數學課都得要站在教室後面反省。身為男子漢，我也知道咎由自取和負責的道理，還好也只有一堂課，就老實的站著吧！

「阿立！跟我一起看課本吧！」

身高和我一樣高挑，可以坐在教室最後一排，還喜歡隨便和我答腔的傢伙，就是那個「笨蛋王子」，同班一年多來，我沒看他順眼過，不如說根本是到了「瑜亮情結」的狀態，卻偏偏座位還安排在隔壁……我當然知道我們天差地遠，所以才更

憤慨，為何有我這種窮人，卻又有那種有錢人？

雖然我很好奇，暑假快結束時，他去山腰邊的那個福利機構做什麼，但我可不打算主動問他，那有損我個人原則，所謂的男子漢就是要沉默寡言、不道人長短！

「不用啦！」我轉過頭，很有骨氣的拒絕了：「反正我也沒在聽課。」

純純小姐的數學課對我來說太困難，我已經放棄了。

「喔……」笨蛋王子露出一臉失望的表情，真不知道全班吊車尾的我沒在聽課，對他來說有什麼好可惜的？

叮噹、叮噹！叮噹、叮噹！撫慰人心的下課鐘聲適時響徹校園！

終於……下課了，純純小姐的課結束後，就只剩兩堂生活輔導課啦！我伸了伸僵直的大腿肌肉，依序做著伸展操，釋放一整節課的疲勞。

奇怪，是我的錯覺嗎？我總覺得笨蛋王子今天一直在偷瞄我？難道他對我「成熟」的男子氣概有興趣？噁……我喜歡的可是女生耶！最好是像「林志玲」那樣的長腿姐姐，或者是我們學校舞蹈班的長腿女神，反正絕不會是笨蛋王子這種「小白臉」。

眼睛一眨，下課時間就結束了，全部課程只有「生物課」是我喜歡的。雖然，總成績倒數，不過單論生物這科，我可是全班最高呢！而且每次陪天天上課時，也都有額外看生物相關書籍的機會，可以說我的生物知識已經超越同年級的學生啦！可惜純純小姐不讓我用兩篇生物報告來抵銷沒寫完的暑假作業，所以我只好在這堂輔導課，偷偷躲在抽屜下趕工。不知何時，老師走到了教室後面來，我趕緊將作業收進抽屜裡，抬頭一看，正在台上講話的，不是老師，竟是「笨蛋王子」。

黑板上用白色粉筆寫了四個工整的字「天使計畫」，旁邊還用黃色粉筆寫上項目一：伴讀課程，項目二：募款與社區關懷。

「以上，就是我所提議的『天使計畫』企劃內容。」笨蛋王子露出他引以為傲的雪白微笑，博得台下微弱的掌聲。

「所以，我要請阿立協助，一同完成這個計畫。」

什麼？我剛才沉浸在暑假作業的趕工中，完全沒聽到他們說什麼，突然要我協助？協助什麼？我此刻應該露出了很「呆」的表情，因此安麒決定重說一次他那個鬼計畫。

「天使計畫，目的是為了幫助弱勢家庭。」

又是招牌微笑，他一定有上過演講訓練的課程，練習何時停頓和露出笑容是最能達到收買人心效果的……

那弱勢家庭和我有什麼關係？

「計畫有兩個部分，一是每星期一次的伴讀，創造一個讓我們能有機會與資源班同學相處的空間。」

資源班同學是指天天嗎？

「第二個則是社區關懷，每周排班探望古島社區內的獨居老人，募款買便當給他們，關心他們的生活。這邊有我收集到需要協助的老人資料。」

獨居老人咧！這傢伙真是佛心來的，所以他上次去那個社會福利機構，就是為了拿資料啊！

「所以我提議從我們班開始，就從自己的同學做起！」

笨蛋安公子又露出那自以為完美的微笑說道，但我還是沒搞懂，到底要我協助什麼？

02 天使計畫

叮噹、叮噹！叮噹、叮噹！激勵人心，更加悅耳的放學鐘聲響起，輔導老師明智的準時放人。

「好啦！相信大家都已經了解天使計畫了，有興趣的同學可以在下課時間找安麒報名排班，參加公益服務喔！這張報名表和計畫就貼在公佈欄，各位有空可以來參考。」

「啊！老師，我補充一下。」多嘴的笨蛋王子在得到老師許可後，又露出那萬人迷微笑。

「各位如果有問題，可以找我或者是資源班的——阮老師，她是這個計畫的指導老師，謝謝大家！」

有著胖狐狸臉的阮老師？天天的輔導老師？她什麼時候和笨蛋王子感情這麼好了？

笨蛋王子下了講台，逕自向我走來。

「阿立！你會幫忙吧？」

「什麼？」拜託，我連這整個計畫都還搞不清楚耶！哪那麼簡單就簽下賣身契啊！

「因為你家是囧家庭啊！」

什麼是囧家庭？大概又看我露出困惑表情，笨蛋王子耐心的解釋著：「囧家庭就是指家裡老是出問題的弱勢家庭。」

沒注意到我臉色難看，笨蛋王子繼續大言不慚的說：「你家沒有爸媽，隔代教養加上收入不穩定，而且天天又智能不足……」

「天天是發展遲緩，不懂就不要亂說！」我不爽的打斷他說的話，抓起書包頭也不回的轉身離開，只想快點擺脫他。

「阿立！」

笨蛋王子追了出來，真是糾纏不休。

「抱歉！我搞錯了，但只要利用放學的一點時間，讓天天加入伴讀計畫，你也可以輕鬆很多……」

「你的意思是天天拖累了我？」

「我不是那個意思，我的意思是……」

「不用說了，我了解，不勞您解釋了。」我趕緊揮手向他拒絕提議，我越看他越不順眼，他自以為是救世主嗎？笨蛋是會傳染的，我可不能讓他太靠近天天，要是影響了天天逐日進步的學習能力怎麼辦？

「反正你就是認為我和我弟需要幫忙就對了，抱歉喔！我們過的可好了，完全不勞您費心。」

我加快了腳步，將笨蛋王子遠遠拋在身後，他體能似乎很差，體育課時，經常看他在一旁休息，而我除了生物好，接著就是體育了，總是擔任大隊接力的最後一棒，我不過稍微跑了起來，輕易就將笨蛋王子甩在身後。雖然瞥見他露出落寞的表情讓我有點良心不安，但誰叫他那麼愛管閒事，被拒絕也是活該！

甩掉惱人的笨蛋後，我全速往天天的教室前進。

就讀國中小合併的實驗學校，好處就是校舍在同區，越過一片草坪，就到天天的資源教室了。天天有一半的時間和普通學生一起上課，一半的時間到資源教室，最後一節課通常都在資源教室，我每天都會去接他下課。

「喂！天天！」這小孩竟然在窗戶邊發呆。

「天天！今天的作業呢？」

「班上同學幫我寫完了。」

「怎麼又讓同學幫你寫？」

天天班上的小女生們，不知為何總是喜歡搶著幫他寫功課。明明功課寫完了，但天天看起來卻沒有很開心，這小鬼今天怎麼了？我困惑的看著阮老師，用眼神詢問她。

只見阮老師瞇著已經很小的眼睛，笑的只剩一條縫。我經常懷疑阮老師是「狐狸」投胎轉世，才會長得一張狐狸臉，只是圓壯身形讓她沒有變得優雅，反而顯得很卡通。有時我甚至會懷疑，阮老師該不會偷偷喜歡我吧？每次都抓著我講天天的事講很久，還三不五時詢問我家狀況，雖然老師是個不錯的職業，薪水穩定，體型看起來也滿持家的，但饒了我吧！我對瞇瞇眼的胖女人沒有興趣啊！

「安麒今天應該有跟你說吧？」

「什麼？」

02 天使計畫

「天使計畫。」

「喔！有哇！欸……老師，你真的覺得這個計畫有意義喔？」

「還不錯啊！讓有意願的普通學生有機會和特殊學生相處，可以建立包容和互助的觀念，等熟悉了，也可以減輕特殊兒童的家人負擔，比如說你啦！你就可以直接去幫阿嬤收拾，也可以早點回家休息囉！」

「我才不會把天天交給別人呢！」

「天天遲早要自己獨立的喔！」胖狐狸女繼續說：「這也算是滿好的社會學習啊！」

「反正天天現在有我就夠了，才不需要什麼伴讀計畫，而且冏家庭和冏小孩什麼的，聽起來就很虛弱，和我的形象不合啦！走囉！」

我隨興的揮手道別，也不管阮老師一臉失落的樣子，他們到底有多希望我加入那個計畫啊？真是莫名其妙！

我牽著天天的手走到校門口，那裡一如往常聚集了許多接送學生的孝子家長，天天突然指著一個時髦的阿姨喊著：「媽媽！」

「天天！別亂叫！」我趕緊制止他，並向那位阿姨道歉後，迅速逃離現場。

自從天天學會「媽媽」和「爸爸」怎麼說之後，他就經常指著不認識的叔叔、阿姨亂叫，我都超不好意思的，但天天又說不聽。

天天對媽媽應該沒有印象吧？也好……反正有也都是躺在病床上的模樣……。

經過校門時，我突然看到那個笨蛋王子，他竟然真的在校門口拿著募款箱耶！紙箱上畫了一個可愛的小女孩天使，上面用粗麥克筆寫著「天使計畫」。不愧是王子，有很多女生包圍著他。我不屑的拉著天天加快腳步離開。

回家後，我依照慣例幫天天檢查功課，他拿出畫滿彩色圓圈的畫紙，為了訓練天天的手腦發展，阮老師經常帶他做繪畫練習，而我的工作就是晚上回家時，哄著天天讓他多做一遍，做為天天的家庭作業，隔天交給阮老師。

不知為何，盯著那些鮮豔的色彩，我腦中突然浮現笨蛋王子在校門口募款時，手上抱著募款箱上的天使插圖，奇怪……他家不是很有錢？跟家裡拿點錢就不用浪費時間啦？

有錢人的腦袋果然不一樣，反正不關我的事，但我怎麼有種不爽的感覺？

03 孤獨王子

一大早，校門口就擠滿了想就近和「安麒王子」相處的女生，這是那個笨蛋王子開始「天使計畫」的第二天，原來，除了放學，連上學都要募款啊！真會利用時間。

像這樣譁眾取寵的事，身為「男子漢」的我可是很不屑，我猜「安麒王子」大概是想藉這種方式來提高自己的人氣吧！真搞不懂已經這麼有名的人，為什麼還要搞些噱頭來讓自己更知名呢？當然啦！這些都和我無關啦！但經過校門時，我卻瞥見笨蛋王子揮手向我打招呼，拜託！平常沒有交情，加上我討厭那傢伙，怎麼可能回應，我趕緊裝做沒看到，拉著天天快速穿過人群。

但我真是太天真了，竟然以為拒絕了一兩次笨蛋王子他就會放棄那毫無意義的說服，顯然他並不懂「放棄」這兩個字怎麼寫。這天的每一堂下課，他都試圖用各種方法說服我，希望我讓天天參加伴讀課程。

「阿立！伴讀的時間是星期二晚上七點到九點，而且阮老師也會在喔！」

望著笨蛋王子那熱烈的臉，我無奈結束掉短暫的下課補眠。

我晚上要做家事，陪天天寫作業，早上要幫阿嬤準備出門和做早餐，哪像笨蛋王子一樣，有空玩社團活動，到處交朋友啊！

「我已經說過了，沒興趣啦！」

我毫不掩飾的打了個大哈欠，試圖唬弄過去，但是他卻執意告訴我活動訊息。

「伴讀的地點是在社區活動中心，你也可以一起來喔！」

「你們的計畫也太奇怪了吧？」

「咦？」被我這麼一反問，笨蛋王子露出困惑的表情。

「一下又說要讓家人休息，一下又歡迎家人參加，到底是想怎樣？」

「不是啦！因為有些家長可能會擔心，所以當參加的學生們都熟悉後，再看看情況。」又是那個閃亮的微笑。

「我才不會讓天天加入咧！你又不知道怎麼和天天相處。」

「你可以教我啊！」

「我懶得理你！再見啦！」

我像趕蒼蠅一樣揮揮手，想隨便打發掉他。

「隨時歡迎你帶天天來，我會一直為你們保留位置喔！」

笨蛋王子留下一個太過燦爛的微笑，差點把我的眼睛閃瞎後，終於離開了……

「唉……」到底是為什麼要一直纏著我啊？

我無力的趴倒在桌上盤算著，其實笨蛋王子說的沒錯，如果讓天天參加，那晚上的時間我就可以到巷口收集回收物。

以前阿嬤體力還不錯，天天也不用交作業時，我們都會帶著天天，三個人一起推著回收的車子去收，但這兩年，阿嬤體力變弱了，膝蓋又有痛風，我們就比較少推車出去，只到特定地方收集資源，我說要自己去，阿嬤又不准，總是要我乖乖留在家裡陪天天做功課。

如果不用看顧天天，或許我和阿嬤還可以一個星期多做一天工，有點收入也不無小補。

可是說到伴讀的人，要將天天交給阮老師，我是很放心啦！但是要交給笨蛋王子，我可一點都不安心。

就這樣過了兩個星期，我當然沒讓天天參加計畫，但也如我所預料的，已經沒有人圍在笨蛋王子身邊了。不過即使只剩他一個人，他還真的有持續在做咧！我倒要另眼相看了。

當然，笨蛋王子依舊三不五時提醒我快點加入伴讀課程，我可聲明，讚美是一回事，我是不可能倘那種渾水的！

「這星期要辦烤肉趴，要參加的人到這邊登記喔！」

「喔！」

萬事通「阿龐」又在主辦活動了，台下熱烈的鼓噪著，這種活動通常和我是無緣的。

「每個人預算三百元，多退少補，阿立！要來嗎？你的話可以當活動組抵掉費用喔！」

阿龐和我交情不錯，他每次都會利用特權給我優惠，但身為男子漢，我才不做貪小便宜的事咧！

「不用啦！放假我都要幫忙阿嬤工作，你們去就好了，謝啦！」

阿龐也習慣我的推辭了，他點點頭，繼續確認手上的報名表，只是這一次情況好像有點不一樣，只見他突然大聲詢問遠在教室另一頭的笨蛋王子：「欸！安麒，你不參加嗎？」

「嗯……這次就算了！」

聽到笨蛋王子回答的女生，一起發出了驚天動地的驚嘆聲：「欸！」

「欸！安麒不去，那我也不要去了！」

看笨蛋王子一臉為難的樣子，那些女生真是現實。

哼！圍繞在笨蛋王子身邊的女生都差不多，一開始看起來很熱心參與公益，但願意持續下去的根本沒有人，那個正在和笨蛋王子撒嬌的女生就是其中之一，前幾天我還看她出現在校門口幫忙募款，現在也沒去了。

不過真難得，以前有這種團康活動，笨蛋王子都是第一個報名，而且還會用他個人的名義贊助許多經費。

明明家裡有錢，為什麼要站在校門口募款啊？既然家裡開餐廳，自己家裡包一包不就有便當了？我實在忍不住好奇心，下課時乾脆直接問他：「喂！笨蛋王子，

你家不是很有錢嗎？幹嘛一定要募款？」

「這……和有沒有錢沒關係。」這位王子面無表情的說。

「該不會……其實你家不同意你辦這個活動吧？」

似乎是被我說重了，我第一次看到安麒王子的表情變得跟我昨晚挑掉的爛香蕉一樣，又黑又臭！

「欸……沒事我先走了，晚上也在活動中心喔！我會等你的！」他隨便說了幾句就離開了，走前還不忘提醒我參加伴讀，真有毅力。

我決定帶著天天去探查情況，反正我們都有受邀嘛！試聽是絕對必要的！

燈火通明的社區活動中心內，有打球的人和下棋的老人，氣氛輕鬆熱絡。我帶著天天來到二樓的社區教室，隔著窗戶看到笨蛋王子和阮老師正在陪一個小女孩畫畫，我認得那個小女孩，那是天天的同學之一，目前念小一的「方融融」，旁邊那個年輕阿姨就是融融的媽媽，我們在資源班見過很多次。

融融有「自閉症」，但是她們卻和樂融融的樣子，不知為什麼，我覺得看不順眼，當下也不進去了，拉著天天就走，我心裡想到了一個小計畫。

隔天放學，我去接天天時，如預期的遇見了融融和她媽媽，當融融媽媽走到門口時，我喊住她：「喂！融融媽媽！」

「嗯？」融融媽媽回頭，看見是我，露出放心的微笑：「阿立啊！什麼事？」

「融融媽媽……」

我假裝擔憂的看著融融，並認真說：「你還是不要讓融融參加那個伴讀吧！」

「咦？」融融媽媽不解的問道：「伴讀讓融融多認識了一個大哥哥，而且我們都玩得很開心啊！」

融融媽媽不愧是自閉症小孩的家長，有耐心又溫柔。

「阿立！你也帶天天來參加吧！天天也可以多認識一些大哥哥和大姐姐喔！」

「可是……融融媽媽！我和安麒同班……他好像……只是想利用這個課程，讓自己家的聲譽變好耶！」

聽了我說的話，融融媽媽露出意外的神情，看來已經動搖了。

「而且啊！安麒曾說過，他最討厭自閉症的小孩了，甚至還說他們沒有必要出生……」

我繼續加油添醋說了兩句，融融媽媽聽完，果然憤慨的拉著女兒離開了。看著她疾走的背影，我可一點都不覺得愧疚，反正這個計畫沒有進行的價值嘛！所以就請融融媽媽也加快退出的腳步囉！

我聳聳肩也要離開，卻被阮老師叫住……

「阿立！請你幫我把這個拿到安麒家。」她拿著一份文件說。

「為什麼要我去？」我心不甘情不願的拒絕著。

但阮老師卻使出絕招：「你不幫忙跑腿的話，我就教天天唱新歌！」

這太恐怖了，每次天天學了新歌，總要唱到三更半夜才願意停止，那段期間，我和阿嬤都會嚴重失眠。

我只好接過文件，卻發現那是「天使計畫」的通知書。

「老師！」我露出質疑的眼光看著胖狐狸女：「你晚上很閒喔？這個工作是沒錢的，對吧？」

「這麼好的計畫，我當然舉雙手支持啊！可是安麒的父母都很反對，還停止了他的零用錢……」阮老師擔憂的說道。

原來笨蛋王子自顧不暇啊！說不定我還幫了他一個大忙呢！如果都沒有學員加入，伴讀課程當然也開不成，他就必須停止計畫，也可以重新領回零用錢了，真是失策，早知道就不去搗亂，讓他繼續體會沒錢的生活。

「這就麻煩你囉！還有，你最好給我帶著天天也來參加！」

「我才不要！」雖然被威脅跑腿，但我總還是有拒絕的權利吧！

依照老師的地圖，我乖乖帶著天天拿著計畫通知書到笨蛋王子家去。他家似乎是住在山坡上，我也是住在山附近啦！不過是城市另一頭的山腳下，比較貧窮的那一區，又一個我可以討厭他的理由了。

我和天天站在陡峭的斜坡前仰望，按照地圖，只要爬上斜坡，應該就會到達安麒家社區了。

但矗立在我們眼前的斜坡真是又長又陡啊！好像也象徵著住在上面與下面的人是不同世界！我第一次到這區來，感覺真不自在。

「喂！天天！要上囉！」我吞了吞口水說。

「喔！阿立！我們來代替『光之天使』達成任務吧！」天天模仿著光之天使的

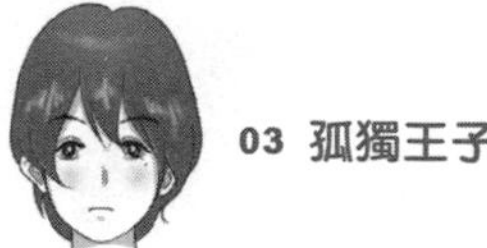

動作，雙手插腰神氣的說著。

我們奮力爬上斜坡後，衣服已經被汗水給浸濕了。

一上斜坡頂端，就見一棟棟獨立的透天別墅呈現在眼前，而且每戶都有前院和很高的鐵門。

我渾身不舒服的照著地址來到安麒家。他家不愧是數一數二的「富豪」，大門硬是比其它別墅來得氣派豪華，前院甚至還有天使噴水池。我和天天呆立在門前，連門鈴在哪都毫無頭緒。

就在我們呆站著「罰站」時，一輛黑頭轎車停在門前，車門開了，一個打扮時髦的美麗阿姨突然出現，身上還有一股好香的味道，我瞠目結舌的看著她，無法言語……沒辦法，我有機會接觸的女性，不是阮老師這種「肥嘟嘟」的熟女，就是純純小姐這樣上了年紀的「魚乾女」，還有阿嬤這種「超熟女」，不然就是班上和我一樣幼稚，乳臭未乾的小女生，現在有個明星等級的美女出現，實在太震撼了！

「你要找誰？」竟然對我說話耶！聲音也好好聽！

「啊……阿……姨……你……好，我……是……安麒的同學，這是老師要給他

的通知單……」真丟臉……我緊張的舌頭都打結了……

美麗阿姨一臉疑惑的接過通知單，自言自語到：「安麒還在繼續啊……看來停止零用錢也沒用，得要想想新的辦法才行……」

所以這位美麗阿姨是笨蛋王子的家人？可惡！真是太讓人羨慕了！

彷彿突然注意到我和天天還站在眼前，她隨便揮了揮手：「同學，謝謝你送過來，這樣就可以了。」

看來我們被隨意打發了，唉……真可惜，沒能和美女多說幾句。為了彌補我的遺憾，我特地繞到活動中心，果然看到伴讀班連一個學生都沒有，只剩笨蛋王子一個人，哈哈！活該！誰叫他有這麼美麗的家人，回家多陪陪家人多好？我讓計畫暫停，也算功德一件吧！

「阿立！你笑得好奇怪？」天天仰著頭說。

「天天！這是帥氣的微笑，好好學起來，以後可以迷倒很多女生喔！」

天天似懂非懂的點點頭，我則抱著難得愉悅的心情哼著歌回家。

04 危急時刻的報名表

霹靂啪啦！霹靂啪啦！刺耳的鞭炮聲此起彼落的響徹雲霄，在伴隨著臭味的濃煙散去，隨著地面覆蓋住的粉紅色紙屑現形後，我才鬆開用力摀住天天耳朵的手。

「阿立！等等也要走走停停嗎？」他仰著頭問道。

「走走停停」是天天暱稱廟會的方式。

「嗯！今天要走走停停很久喔！可以嗎？」

「我會努力的，光之天使會幫助我們！」天天乖巧的點點頭。

廟會向來是古島的重頭戲，每隔一段時間，鞭炮聲就會以各種名義響遍全區，我經常搞不清楚是哪位神明生日，只要有零用錢可拿就好了。

託益哥的福，廟會和鄉里活動需要人手時，我總是可以帶著天天一同工作。

今天是在遊行隊伍裡敲鑼打鼓，天天也裝飾性的拿了一個小鑼，可愛的模樣如同吉祥物！

這種大型遊行，每隔幾個團體就會有輛小發財車跟著擔任補給隊，車子會以時速不到十公里的超慢速緩緩跟在隊伍後方，最重要的是，車上戴滿了水和點心，有時體力不支的成員也會坐上車子休息。

我們這隊的補給駕駛就是益哥，身為男子漢的他，當然最適合擔任如此重要的工作！

為了這天，我一大早就起床，哄著睡眼惺忪的天天提早到廟裡報到。這種大型廟會，如果夠勤快，甚至還有紅包可拿。

當然啦！將領到的紅包貢獻二成給益哥是「老規矩」，畢竟沒有他的介紹，我們也得不到這個機會。

趁著隊伍集合，我瀏覽了一下各路英雄好漢。

這次，除了超大噸位的花車，上面擺滿了主題造型的神像，有觀音、仙女們，甚至還有一車是「皮卡丘」？而天天最喜歡的舞龍舞獅隊也英姿煥發在列隊中，到了晚上，所有隊伍回到廣場時，這些民俗技藝團就會使出渾身解數，舞出最棒的表演，那可是我拿來哄天天的「法寶」呢！

今年還有許多後車箱配備了重低音喇叭的「重車」加入，穿著藍衫的客家隊伍也精神煥發，預計會有老揹少的民俗表演，比較少見的是七爺、八爺全身魁儡裝……看來，這次廟會非同小可啊！

據說，晚上還有辦桌和煙火表演，廣場前已經預先擺滿了許多辦桌的食材，我偷瞧了一會兒，興奮的告訴天天：「天天！今天有很多肉可以吃喔！」

「好棒喔！阿立！那可以現在吃嗎？」

聽到很多肉，天天露出開心的表情，我也跟著微笑起來。

「不行啦！要等『走走停停』都結束了才可以。」

「那可以一邊走走停停，一邊吃嗎？」

「不行啦……」

如果繼續和天天爭辯，我們會一直繞著這個話題轉，我趕緊轉移他的注意力。

「天天！你口袋裡放的是什麼？」我這才注意到，天天的吊帶褲口袋裡塞了張雪白影印紙。

天天乖巧的將紙張交給我，紙上印著今天在活動中心有伴讀課程的假日聚會訊息，還有那個眼熟的女孩——天使插圖。

原來伴讀課程還沒中止啊！明明就沒有學生要參加了，虧我還費力搞破壞，真是的！

我將報名表揉成一團，隨地一扔，沒想到天天跑去撿了起來。

「這是老師給的，要好好收著喔！」

根據經驗，我知道不能奪走天天決定保存的東西，那可會是場考驗耐力的爭奪戰，那些教訓告訴我，絕對不要和五歲小孩起爭執，即使他看起來有十歲也一樣，我雖然無奈，也只好任隨他去了。

烈日正中，講台上「洋洋灑灑」的感謝致詞根本沒人在聽，台下眾隊無不汗流浹背，而沿街的信徒都拿著香，不耐的等待著神轎啟程。

終於……台上的主辦單位決定給大夥一個痛快，敲響金色大鑼，又一陣鞭炮和煙霧迷漫後，遊行出發啦！

隊伍浩浩蕩蕩經過了大街小巷，騎樓與辦公大樓，不放過學校、水溝與商店，這場遊行，讓我們體驗了一陣午後雷陣雨及三個多小時的烈日炙烤，消耗了數十罐礦泉水與飲料瓶、幾百包香菸、數千支香、數萬個步伐，最後——超越了一個五歲孩童能忍受的一切。

「阿立！我走的好累喔！還要走多久？」天天皺著小臉問道。

我也知道，這次遊行比以前參加過的都還要艱辛，我不知該怎麼辦才好，要放棄半天的工，提早回去休息嗎？

「阿立！你弟累了，不如就讓他坐上車吧！」帶頭的大哥體貼的建議。

對喔！還有補給車啊！

我趕緊拉著天天，尋找益哥開的小貨車。

「益哥！天天可以坐到車上嗎？」

「喔！隨便啦！上車吧！」益哥豪爽的說道。

我小心的將熱昏的天天抱進副駕駛座，天天累的有點「昏昏欲睡」，不時的點頭及打瞌睡。回到隊伍時，我用斜角餘光確認天天和益哥待在一起，心裡才安心了許多。

遊行又持續了三個多小時才結束，即使是運動健將如我，也感覺大腿肌肉酸疼的彷彿不屬於自己，而那些舞龍舞獅的大哥們還要繼續表演，不愧是專業人士！

和廟裡的工作人員領了零用錢與紅包，我趕緊找到正在和「辣妹姐姐」攀談的益哥。

「益哥！天天呢？」

「我怎麼會知道？」

「可是他剛剛不是還坐在你車上……」

「我停好車就沒看到他啦！你弟就會亂跑，所以我不是跟你說過了嗎？」

益哥露出不耐煩的表情：「廟會是大人的事，不要帶小白痴過來……你都知道了還帶他來，現在不見了，你要怪誰？」

雖然我跟益哥說過很多次，天天是發展遲緩兒，但益哥好像分不出來……沒辦法……這也是大部分人的刻板印象，而且益哥說的沒錯，是我擅自把天天帶來，才會發生這種事，我完全無法反駁。

「你那個白痴弟弟一點用都沒有，還得要多幫他叫一個便當，」

益哥抿抿嘴抱怨著，大概是看我著急的模樣，益哥又說：「好啦！不要說我不幫你。阿召！」

不知從何處聽到益哥的召喚，阿召拿著牛皮紙袋，慌慌張張的現身了。

「益哥，什麼事？」

「你喔！那個貨不要那麼顯眼啦！快收起來！」

「喔喔！但是這邊有很多國中生要訂，我想說這樣比較順手嘛！」

「反正收好就是了，你有沒有看到那個小白痴？」

「阿立的笨蛋弟弟喔？」

益哥和阿召經常會討論些我聽不懂的話，我想那是被益哥信任的證明，但現在我最著急的是希望能聽到天天的消息。

「沒有耶！剛剛那麼忙，到處都缺人，哪裡顧得了他啊！」

「那你去幫忙找一下。」

我感激的看著益哥，他果然夠義氣，有男子漢風範。

就見阿召心不甘情不願的跟著我在廟前轉了一會兒，辦桌已經開始上菜了，而阿召的朋友幫他占了個好位置，「呼喚」著他。

「喂！不要說我不幫你，有很多東西要收拾，我先走了！」阿召手一揮，就丟下我跑開了。

我一個人無助的站在廣場中央，觸目所及都是人潮，我難過看著已經開始上菜

的辦桌，明明天天最期待的就是現在，他偏偏不見人影……到底去哪了？

我決定沿著媽祖廟四周的巷子尋找。

我一股勁的跑著，即使知道這樣漫無目標，卻無法停下腳步，心中慌亂的閃過許多念頭，天天被綁架了嗎？或許先報警？還是先通知阿嬤？他現在會不會也很慌張？在哭嗎？

「天天！」

我扯著嗓門不顧路人白眼，胡亂的大喊著：「天天！」

此時天色已經完全暗下來了，街邊的路燈紛紛亮了起來，不遠處的路燈下，一個熟悉的身影向我揮著手走來。

「阿立！」

「天天？」

襯著路燈的光芒，我看到天天安然無恙的被笨蛋王子牽著，心中的大石終於放了下來，緊繃的肌肉跟著放鬆時，雙腿竟然不斷顫抖著，我扶著路燈才沒有摔倒，這才發覺自己有多慌張。

我先聲明，自己絕對沒有驚慌失措，那不是男子漢的行為，我只是有點「六神無主」，只是這樣子而已……所以看到天天飛奔過來，我趕緊打起精神迎接他。

「天天！你到哪裡去了？」

「我迷路了，還好有安麒帶我回來。阿立！謝謝安麒。」

「為什麼我要跟這個笨蛋王子道謝？」我太過放鬆，一不小心說出了自己亂取的綽號。

「你可以叫我安麒。」笨蛋王子一臉不悅的模樣說道。

我聳聳肩轉身想走，卻被天天拉住。

「阿立！向安麒道謝，他對我很好。」天天認真的指著我，又指著一臉無辜的安麒。

看著天天認真的表情，我無奈的答應道：「好啦！謝謝你！笨蛋安麒。」

「笨蛋是多餘的！」

「誰叫你真的是個笨蛋，只有笨蛋才會做些吃力不討好的事！你為什麼會和我弟在一起？你誘拐他？」我這才想起要興師問罪一番，為什麼我找了那麼久都沒找

到，天天卻和他在一起？

「才不是！」

笨蛋王子趕緊解釋：「因為天天口袋裡有報名表，附近的居民沿著伴讀課程資訊把他送到活動中心，我才知道你們來參加廟會的。」

「天天！是這樣嗎？」

我才不相信笨蛋說的話，我向天天求證。

天天乖巧的點頭。

「是喔！我不知道該怎麼辦的時候，有個好心的阿姨帶我到活動中心，就遇到安麒了。」

我知道天天不會說謊，只好道謝了。

當我終於又握住天天的小手後，安心的感覺瀰漫了全身。

經過這次事件，我認真的考慮著不要再帶天天去打工了，畢竟我的確「分身乏術」。

阿嬤也要工作，如果有人可以幫忙照顧就好了……。

隔天，在資源班的走廊前，阮老師又拿出了伴讀課程的報名表給我。

「阿立！我聽說天天走失的事了，現在報名，有專人伴讀，不管打工或賺零用錢，都可以放心把天天托付給我們喔！」

她對我俏皮的眨眨眼。

「我說過了，不需要啦！」

我才順利破壞了伴讀的計畫，怎麼可能會轉而支持啊！當然啦！這個想法也只敢在心裡小聲說就是了。

「你確定嗎？」

阮老師幸災樂禍的看著我：「你看天天的樣子。」

天天正寶貝的拿著一組樂高在組裝，一隻「七零八落」的機器人在他摸索下逐漸成形。

「出發——光之天使！」

「那是今天晚上伴讀要做的活動，我先發下去讓天天預習。」

胖狐狸女不懷好意的說：「即使這樣會剝奪天天的樂趣，你還是決定不參加嗎？」

「我……」

我再看了一眼天天開心的模樣，現在機器人身旁多了一艘飛艇，我無力的低著頭，終於放棄堅持。

「我們要報名……」

「很好！」

胖狐狸女大力的拍了我的背：「那這份報名表就麻煩你帶回去給家長簽名啦！」

狐狸女塞給我印有「天使計畫」的影印紙，接著說：「沒有人是孤島，不要問喪鐘為誰而敲，喪鐘為你我而敲！」

「什麼？老師你在說夢話喔？」

「這是某個英國詩人的詩，意思是——人不可能只靠自己活下去，必須和其他人互助合作喔！有空背一下吧！把妹很好用。」

「老師，我才國二耶！把什麼妹啊……」

摸不著頭緒的我，感慨的看著報名表，再看看天天滿足的玩著積木。

唉……算了，管它孤什麼島，自尊哪比得上天天的笑容呢！

05 小技巧

這是我們第一次踏入活動中心的小教室，上一次是在外頭偷窺，基本上不算有進去喔！

我原本擔心會碰到融融媽媽，但好險沒有，畢竟我都說這個計畫居心不軌了，自己還帶著天天參加，完全就是自打嘴巴。

唉！人果然不能做壞事。

教室內整齊的擺著純白塑膠桌椅，前頭還貼心放置了一面與牆等寬的白板。

安麒一進教室就忙著開空調和電扇，而天天則選了和學校教室一樣靠窗的位置坐下。

前幾天晚上，阿嬤爽快的簽下報名表時，連問都不問這是什麼課程，對她來說，只要天天能吃能睡就是福了，何況她可是很放心讓我安排天天的課程呢！

「阿嬤，那以後星期二晚上，我們就去市內收資源囉！」我邊幫天天剪指甲邊說。

每次剪指甲，天天都像隻不安的小狗扭來扭去，必須要四肢並用的限制住他才行。

「安捏喔！我還想說，這樣你就可以休息了說。」阿嬤目不轉睛緊盯著她最喜歡的霹靂布袋戲說。

我們家電視是一年多前認識的電器行老闆送的，自從有了電視，阿嬤和天天就輪流當電視兒童。

而家裡的冰箱、瓦斯爐、電扇，通通是二手回收物，我們根本是資源回收的模範，連天天上的都是資源班，市長應該頒個「最佳環保獎」給我們。

「不用啦！我來推車，你坐在車上整理就好了，這樣如何？」

「好！好！天天有人看著就好了，都好都好！」

事情就這麼定案了。

我盤算著能趁這段期間存點錢，幫天天報名遲緩兒基金會舉辦的冬令營。只要有餘裕，我都會不定時為他報名各種復健課程，加速天天的進步。

畢竟，正如阮老師說的，天天遲早要獨立，得想辦法讓他有能力照顧自己啊！到了那天，做哥哥的我一定會很不捨就是了。

而且偷偷承認一下，上次賭鬼老爸回家，除了拿走所有補助款、打傷阿嬤，醫藥費也讓我們陷入了一段必須勒緊褲帶過日子的情況。

那時可真是危急啊！

我省下自己的午餐，才沒有讓阿嬤和天天感覺有異樣。

但那段時間，別說是體育課了，我連上美術課拿剪刀的力氣都沒有，男子氣概就輕易被拜倒在連日的日本國旗便當裡，就是——白飯配酸梅啦！

所以這次我很小心的把郵局存摺和印章都藏了起來，就算賭鬼老爸再出現也不必擔心了。

既然伴讀課程能讓我每星期多一天收入，也是不無小補啊！

「安麒！我要有翅膀的機器人。」

看安麒在整理玩具，天天馬上跑到他身邊。

我意外看著很少與人主動接觸的天天黏著安麒。

還記得益哥第一次見到天天時，對天天不理他的態度極為「火光」，從此，益哥就沒給天天好臉色看過。但天天一看到安麒，就像好友般熟稔，我不禁有點吃味

起來。

「喂！只有你喔？阮老師會過來嗎？」我語氣不善的問道。

只見安麒老神在在的回到：「老師今天不會來喔！」

「只有你行嗎？」我挑釁的說。

「放心吧！阮老師很信任我。」

安麒又露出那個爽朗的笑容，真礙眼。

「天天！等等裝好機器人，你可以陪我去個地方嗎？」安麒這傢伙竟然當著我的面隨便向天天問話。

「喂……」

我正想要勸阻他，沒想到天天卻自在的回應著：「好啊！你想去哪裡我都陪你去！」

喂喂！天天你這個小叛徒，那我這個做哥哥的臉要擺在哪裡？

「欸……天天他很怕生啦……」看著天天的反應，我不禁覺得自己在睜眼說瞎話。

「那阿立！今天可以請你先陪我嗎？」安麒微笑的說：「請你提醒我一些照顧天天要注意的事。」

「可以是可以啦……你剛剛說要帶天天出去喔？」

「阮老師建議，可以試著將《天使計畫》的內容結合在一起，變得更生活化，也可以更有彈性，所以我今天想帶天天去散步，順便讓他做個『公益小天使』。」

「隨便啦！反正你要看好天天就是了。」我搞不懂他想做什麼，反正不要讓天天受傷就好了。

「那我們走吧！」

「喔！」

安麒果然幫天天挑了個有翅膀的機器人讓他帶著路上玩，然後帶我們到自助餐店。

此時剛好是晚餐時間，店內人客眾多，我看到安麒拿著便當盒，熟練的夾了幾道菜，有波菜、鱈魚、豆腐和蒸蛋，還有茄子和稀飯……這傢伙年紀輕輕，怎麼都挑些好下口的料理吃啊？

05 小技巧

「你家隨便一道料理都比這邊好吃吧！」

雖然我是沒去過啦！只是常聽班上女生讚美，安麒家開的餐廳多好吃、裝潢多高級，服務生又多專業，然後價位都平易近人……這麼多好處聽得我耳朵都快長繭了，可惜要我有錢去吃，起碼要中個上萬的大樂透，但前提是要有多餘的錢買彩卷啊！

「我不是要自己吃的。」

提著便當，安麒領著我們來到距離我家只有兩個巷子，有許多殘破平房的山腳下。

「難道你要到我家去啊？」

「欸！你住這附近啊？」

安麒意外的看著我，還露出極度天真的表情，不知為何，那天真的表情就是讓我不爽。

我翻了個白眼，沒好氣的回應他：「當然啦！只有這邊才有便宜的房租，我家是低收入戶，不是我瞎說，如果沒有政府補助，我和天天還有阿嬤早就喝西北風啦！」

「也對喔！」

安麒竟然理所當然似乎完全沒有同情的意思。

哼！反正堂堂正正的男子漢是不屑任何人同情！

「那到底來這邊做什麼啦！」

「去拜訪張奶奶啊！」

「被孫子拋棄的張奶奶喔？」

「對啊！你也認識啊！」

「這區大家都互相認識吧……」

畢竟生活困難，鄰居們自然會互相了解和幫助彼此……。

安麒說的張奶奶，是八十多歲的獨居奶奶，被唯一的孫子拋棄後，就跟我們一樣靠著政府微薄的補助勉強過活著。

張奶奶家的院子就像我家一樣，堆積著許多看似垃圾的雜物，但我家可是有做好分類的。

畢竟，垃圾和回收物只有一線之間。我意外的看見安麒彷彿回到自己家般熟悉，門都沒敲就推門走進屋內了。

老實說，雖然認識很久，但我還沒進過張奶奶家呢！而安麒這個公子哥竟然一副熟稔的模樣，彷彿在他面前的是自家奶奶。

「安麒啊？」黑暗中，聽見奶奶的聲音像鬼魅般傳來。

這就是我不會主動和獨居老人攀談的原因，他們總是有氣無力的，讓我覺得有點恐怖……。

張奶奶的視力已經退化到屋內不開燈也沒關係，反正開了也看不到。

「你今天帶了什麼來給我？」

「奶奶，有妳愛吃的鱈魚和茄子喔！」

原來那些食物是要給老人家吃的啊！我還以為他專吃軟飯呢！

「欸！今天除了你，還有誰啊？」

張奶奶瞇著眼睛，努力想分辨眼前的人影。

「張奶奶，我是阿立啦！」

「哪個阿立啊！」

不怪奶奶認不得我，我們真的很少見面。

「住在三角巷子口的阿立啦！」

「喔喔！就是那個……一段時間就會被打得很兇……那家的阿立喔……」

不愧是同住山腳下的街坊鄰居，哪家有什麼狀況都瞞不了。

「對啦！」

「都長這麼大了啊！」張奶奶又對著安麒說：「安麒啊！你今天過來，有被家裡人唸嗎？」

「奶奶！妳放心啦！這便當趁熱吃。」

我陪著安麒和張奶奶東扯西扯了一會兒，還順手整理了一下家務，難道我是天生勞碌命嗎？每天在家裡做家事不夠，還要幫別人做？意外的是，安麒做的挺順手的，包垃圾、洗碗和清洗流理臺又仔細又快速。而天天也當起了小幫手，乖巧的折著衣服。

05 小技巧

確定張奶奶安好後，我們閒晃到市區的媽祖廟前，坐在廟前的石階上吃冰。

我可沒有敲詐安麒，是他說要請客，我才答應的。天天專心舔著他最愛的巧克力聖代。

「天天喜歡自己一個人把事情做完。」我提醒安麒。

「所以如果像剛剛那樣，你硬是要幫他折衣服，他就會鬧彆扭。」

「原來如此啊！」

「你為什麼想照顧資源生啊？話說『天使計畫』也很奇怪。」我想起他站在校門口，拿著「天使募款箱」的畫面。

「交給社會福利之類的機構做不就好了？」

「哈哈！」

安麒又露出那燦爛的笑容。

「我有想自己做的理由……其實現在參加計畫的只剩下我和阮老師了，原本還有其他家長參加，不過，好像沒有幫助到他們，所以支持的人逐漸放棄了……」

聽到這些話，讓我想到融融媽媽，我的心裡浮現了一絲罪惡感，趕緊接著說：

「那停止計畫不就好了？這也沒什麼吧！反正也沒有人真的期待國中生能搞出什麼名堂來，你能持續一個多月已經很不錯啦！」

連我這個男子漢都誇獎他了，他應該心滿意足了吧！

「可是……我必須繼續下去。」安麒堅定的說。

「什麼？」

我狐疑的看著安麒，他還沒有解釋理由，就被天天的行為吸引住了。

「天天在做什麼？」

天天吃完聖代，正專心用他隨身攜帶的小手帕擦起手來，邊擦還邊唱著自製歌曲：「洗洗洗，擦擦擦，光之天使幫助你，搭啦啦！搭啦啦！」

他擦完手，又跑去用水龍頭洗手和洗臉，就這樣持續來回了好幾遍。

「唱歌啊！」

我理所當然的說：「每次吃完東西，天天一定會自己整理乾淨，只要看著他沒有摔倒就好了，不過有時候他會突然呆住，那可能是遇到打擾他規則的事情，那時候才需要幫他。」

05 小技巧

「原來如此！」

安麒充滿興致的研究著天天行為。

「喂！你家不會反對你弄這些計畫喔？」

「你們上次就是來參加這間廟的廟會嗎？」安麒竟然無視我的問題，一臉憧憬的盯著廟裡的媽祖看。

「每次我經過，卻從來不知道參加廟會的感覺是什麼……」

哼！不想回答就算了，反正老子也不是真的想關心。

「那下次廟會有活動，我帶你來見識見識吧！」

「可以嗎？」

「那當然，男子漢說話算話。」

看他一臉「受寵若驚」的模樣，我不禁得意了起來。

「我和廟會的負責人很熟，這是小意思啦！」

「沒想到阿立你這麼有人緣，那先謝囉！」

這句話聽起來怎麼有點挖苦的意味？是我太敏感了嗎？

「喂！之前我就想問了，有錢人家的少爺可以這樣一個人到處亂晃喔？」

「你放心啦！我家只能算是地方上有錢，還比不上大財團，你知道學校的『李黎音』嗎？」

「舞蹈班長腿女神！誰不知道她！」

何只知道，我還暗戀她咧！

「她家的資產額比我家還高，就算要綁，當然也是先綁她囉！」

「是這樣喔……嗯！果然是有錢人的大小姐……發育好又有氣質……」

「我倒覺得她還好，還有資優班的『鐘振清』。」

「啊！那個很壯的男生……」

聽說他是柔道冠軍，每次運動會都和我爭男子百米第一的傢伙。

「他爸爸是議員，媽媽是『李氏集團』的二小姐，身價加起來隨便都有上千萬吧！」

「這麼厲害的人幹嘛來讀公立的實驗國中啊？」

「大概是為了親民吧！我們學校的師資和設備都很優秀，升學率也很高啊！」

05 小技巧

原來我們學校也算是「臥虎藏龍」啊！我實在太小看了。我們就這樣隨興聊起校內八卦來，天南地北的亂扯一通。

「阿立！你以後想做什麼呢？」安麒一臉認真的問。

「賺錢！」

我躺在媽祖廟的石階前，努力仰著頭，想倒著看看媽祖的身影。臺階散發出的涼意也讓我溫熱的背頓時覺得舒適呢！天天在旁邊努力模仿著。

「做什麼賺錢？」

「不知道，看畢業之後找得到什麼工作就做吧！」

「你說畢業之後？」

安麒一臉驚訝的看著我：「畢業是指國中畢業嗎？」

「對啊！不然咧？」

倒立的媽祖小小的，好像漂浮在空中。

「你沒有打算要升學嗎？」安麒一臉好奇的問。

「我又不愛念書，無所謂啦！」

「可是你的生物成績很好，如果打算申請護理學校，應該可以輕鬆拿到獎學金吧！」

我坐回普通姿勢，認真打量著眼前的少爺，確認他沒有任何開玩笑的成分和輕蔑後，才嘆了口氣，說出沒對人說過的真心話。

「我哪有本錢升學啊！光是每天的生活費，就讓我和阿嬤喘不過氣來了，而且天天也還在念書，我當然要快點工作賺錢啊！」

「可是……如果想多賺點錢，還是多念點書比較有機會吧？」

「唉……現在就沒錢念書了，那管得了以後啊……」

雖然我努力當個男子漢，但其實有時候還是會想抱怨。

我也曾想過如果不用照顧天天……如果生在普通家庭……如果老媽沒有早死、老爸不是賭鬼……反正，有好多的如果……我又想到，阿嬤可能再活也沒幾年了，她老人家身體不好，總要讓她能享幾年清福吧！阿嬤從很年輕的時候就開始工作，就這樣做到老死，人生也太可憐了。

有好多如果，可是……都只是如果，而真正的現實只有一個……我並沒有跟安

05 小技巧

麒說我的顧慮，說了他也不懂吧！

「阿立？」

一個聲音打斷了我們的對話，迎面走來的，不就是馬屁精「阿召」嗎？

「阿召！」

我隨便點個頭當作打招呼，但其實根本不想看到他。

阿召身後還跟著三、五個青少年，看起來年紀都比我們大，每個人手上都叼著一根菸或拿著飲料，一臉無所事事的樣子。

「你找人幫忙看小白痴喔？」阿召真是狗嘴吐不出象牙，益哥就是被他影響，才也跟著叫天天小白痴的。

我轉頭看到安麒正幫天天折手帕，難怪會被認為是「祼父」之一。雖然他事實上也是啦！實習祼父。

「天天是發展遲緩……」

阿召打斷我的解釋：「隨便啦！還不都一樣。」

他邊說邊拿出菸盒，遞了一根給我，我看了天天和安麒一眼，阿召注意到我的顧慮，嘲諷的說：「喔！看來交了很乖的朋友喔？連煙都不抽囉？」

「不是啦！我跟你說過，抽菸對天天的氣管不好。」

話說我根本沒抽過菸，沒有這回事啦！阿召這傢伙最恐怖的地方，就是可以把活的說成死的。

「是啦！是啦！你真是標準的『弟控』，一直黏著你弟會長不大喔！」

他特地用比較大的音量說給後面那群人聽，那些人很配合的大笑成一團。

「幫你看著小白痴的是誰啊？不介紹一下？」

阿召是那種會到處和人攀關係，看看有沒有好處的人。

雖然討厭他，但我又不敢招惹他，只好敷衍的介紹著：「這是我同學啦！」

「是喔！你很俗辣耶！竟然找同學幫你帶『小弟弟』。」阿召的雙關語又再度讓他的朋友們笑的樂開懷。

到底取笑他人有什麼好處啊？

他們笑夠了，終於決定離開，但臨走前阿召還自以為是的留下忠告給我：「你喔！交朋友要小心啊！不要選一些看起來很『俗』的傢伙，不然一個不小心，連你

都會變『俗喔』！」

阿召和他的朋友離開後，我不好意思的看著安麒，想向他道歉。

「那個人是中輟生吧？」

被當面說很俗的安麒，一臉無所謂的問道：「你不要想太多，沒有真正接觸過特殊小孩的人，總是分不清楚他們不同的地方，我一開始也以為天天是智能障礙或自閉症。」

我以為被阿召嘲笑俗氣，安麒會很生氣，沒想到他除了不介意，還反過來安慰我，我對他有了些改觀。

「不過，那個人說的沒錯，阿立！」

就在我默默讚賞安麒時，他又微笑著說：「如果繼續和那些人相處，你一定也會跟著變成真正的俗辣喔！」

我的確對他有些改觀，安麒絕不可能是個好脾氣笨蛋……哪有好好先生會笑著說出這麼狠毒的話？他一定是披著王子皮的「黑心惡魔」，但我看到他幫天天折好

的手帕，還是忍不住跟他說：「喂！跟你說一個小技巧，如果天天鬧脾氣的話，你只要折紙送他，他馬上就會聽話了。」

安麒意外的看著我，這算是我的一個謝禮囉！

原來有錢的公子哥和我想的不一樣，對於融融媽媽的事，我是否該找個機會彌補一下呢？

06 弟弟與妹妹

啊！啊！真是熱得要命。

我和天天坐在活動中心中庭，努力忍受著酷熱，等著無故遲到的那傢伙。

不知道從什麼時候開始，除了星期二晚上以外，我竟然每個星期三、四，甚至是周末都和安麒混在一起。

我這才注意到，奇怪了，我因為要照顧天天，所以沒時間和朋友出去玩，怎麼連有錢有閒的安麒也沒有好友？我可沒有說自己和安麒是好朋友喔！只是有點好奇而已。

這個周末，安麒答應幫我複習數學。

開學沒多久，我就跟不上純純小姐的課了，作業也胡亂應付，安麒知道後堅持要教我，我說不用，他卻說如果未來要繼續升學，基本的東西還是要呢懂……我明明就說過自己不升學了，這個人到底有多自我？為何總是聽不懂人家說的話？

爭辯了一整天，最後我還是妥協了……唉！既然有人願意花時間教我，那我也省去借作業的麻煩啦！

我們約在活動中心的中庭，但已經過了約定時間，天天都將自編的歌曲唱完一

輪了，還是不見安麒人影，我只好牽著天天，直接到他家去囉！我可沒有幻想可以再看到美艷阿姨喔！但能見到也是不錯啦！

這個天氣晴朗的周末，其實有點太過晴朗了，在「艷陽高照」的午後，我和天天慣例是汗流浹背的狀態。

到安麒家的路上，會經過本市最大的連鎖餐廳「皇宮餐廳」，就是安麒老爸經營的店。之前送文件時根本不會想多看一眼，而通往安麒家的斜坡在太陽照射下微微扭曲著，柏油路散發出的熱氣可以烤熟一隻小鳥了。

我轉頭看看餐廳那頭，有位美女坐在窗戶邊聊天，而前面廣場上噴泉的水好像很冰涼的噴灑著……我馬上下定決心，拉著天天往噴泉方向走，既然是安麒家開的餐廳，借個電話然後在店裡吹冷氣等他，應該不是問題吧！

餐廳的自動門一開，涼爽的風瞬間迎面吹來，啊！我們倆彷彿是遇到綠洲的沙漠旅人，終於獲得生命泉源啊！

「阿立！好舒服喔！」被拖著走來走去的天天虛弱的說。

「是啊！」

我們倆乾脆站在店門口，享受著那冰涼的一刻，直到穿著三件式西裝的服務生迎上前來。

我記得班上女生說過，安麒家的餐廳主打平民貴族風，很受大眾歡迎，尤其是上班族和婦女，特別喜歡他們的英式下午茶。

眼前的服務生儀態體面，我低頭看了看自己，腳踩藍白拖，身穿破舊薄T和退色的七分褲，天天則是穿著他最喜歡的「光之天使」薄T。當然也已經洗得皺皺爛爛，我這時才感到有點不好意思，但都進來了，只是借個電話，應該沒關係吧！

「請問是兩位嗎？」服務生口齒清晰，親切的問道：「要用餐或是享用下午茶呢？」

「欸……我們不是來吃飯的，」我抓抓頭髮，靦腆的說：「我想請問，可以借個電話嗎？我是安麒的同學……和他有約。」

帥哥服務生面露困惑，但還是客氣的說：「請等一下，我幫你問問。」

只見那服務生優雅轉身走回餐廳，我和天天留在大門前，一邊享受著舒服的冷氣，一邊打量著眼前氣派的大廳。

這種地方我還是第一次來呢！感覺連自己都變得有氣質了一點。

不一會兒，那名服務生帶著一個同樣穿著西裝，但繫著領結，看似領班的大叔前來。

「同學！這裡不是小孩玩耍的地方喔！」

大叔大概以為我是帶天天來玩的吧！我趕緊再次澄清：「我是來找安麒……」

「你是安麒少爺的什麼人？」領班模樣的人露出狐疑目光，來回打量著我和天天。

「欸……是同班同學，我們一起參加『天使計畫』……。」

「你們是『天使計畫』的成員嗎？」

沒想到「天使計畫」這麼有名，連領班大叔都知道。

「算是吧！」如果計畫裡的被幫助者也算一名成員……。

不知道是不是我看錯了，領班大叔似乎露出嫌惡的眼光？但沒理由啊！那應該是我看錯了。

「抱歉！我們不能借電話給不用餐的客人。如果不用餐，你們也不能在這邊等

人。」領班大叔客氣的下了逐客令。

唉！看來邊吹冷氣邊等人的如意算盤打錯了，不過能休息一下也算是幸運了。

我再次帶著天天，面對那因為熱氣而扭曲的斜坡，嘆了一口氣，只好爬囉！就在我們沮喪的踏上斜坡時，從斜坡上出現的人影，不就是安麒嗎？太好了，這下就不用爬坡了。

就在我準備招手時，一輛黑頭轎車也跟著從斜坡上出現，並在安麒身旁停了下來。

那輛車好眼熟，不就是我第一次去安麒家時看到的嗎？我期待的等著美艷阿姨下車，可是車門打開後，卻是個穿著襯衫的高壯大叔。

我遠遠看著，猜想那可能是安麒的老爸，正猶豫要不要上前打招呼時，那位大叔用像熊吼般雄壯的聲音怒斥著：「你什麼時候才要放棄！」

站在樹蔭下，炎熱的風將大叔「咆嘯」的每個字都吹到了我耳邊。

我可一點都沒打算偷聽，只是有人要在街上罵小孩，不想聽都很難。也罷！每次賭鬼老爸回家時，也是鬧得滿城風雨，街坊鄰居都會帶著零食，有的搬板凳、有

的鋪涼蓆，找到好位置後津津有味的看著我家動態……我想，這也是社區間敦親睦鄰、互相了解的一種方式吧！

遠遠聽不到安麒的回答，只瞧見他垂頭喪氣的模樣。我們也算相處了一段時間，我還是第一次看到笨蛋王子也有沮喪的模樣呢！他總是表現出遊刃有餘又冷靜的態度。

那位大叔怒吼了許久，大概是要安麒做好學生的本分，不要浪費時間之類的。

「阿立！那個人好兇喔！我們去幫安麒。」天天不安的拉著我的衣服說。

「現在還不可以，等等喔！」我安撫著天天。

終於……熊大叔發洩完，氣憤的坐回黑頭轎車，甩上車門離開了。留下安麒孤單的站在陽光下，頭頂日光將他照得只剩一個小黑影，背著陽光，走下斜坡的他看起來很沮喪。

「喂！」當安麒經過大樹時，我趕緊出聲喚他：「那是你爸喔？」

「啊……你都看到啦？」

「欸……抱歉，都看到了。」

「……」

安麒的沉默不語讓我有點不安。

雖然安麒看起來很斯文，一點都不像個男子漢，但只要是男人，沒有人會想要在同學面前被老爸罵的，每次賭鬼老爸當街揍我，我都渴望有個地洞可以鑽進去，躲避那些街坊鄰居們的目光……可是太遲了，我已經出聲了。

「欸……這沒什麼啦！家家有本難念的經。」

沒想到我竟然有安慰人的一天，我納悶的想著。

「反正他們抱怨完了，就沒事了……」

「是喔……」安麒依舊顯得沮喪不已。

「大部分時候是啦……」

為了給難得喪氣的安麒打氣，我拍拍他的肩膀提議：「喂！你上次不是說想參加廟會？」

這招果然有效，一聽到廟會，安麒的眼睛都發亮了起來。

「今天在山上的慈暉宮有一場喔！是辦給信徒的回饋法會，雖然沒有遊行，不

過也很熱鬧喔！要去嗎？」

「好！」

「不過你明天還是要教我寫功課喔！」不然我的作業就要開天窗了！

「那當然啦！」

「拜託！下次換個有冷氣的地方吧！」

「那裡！」天天指著我們才剛離開的餐廳說道。

但安麒面露難色：「天天！對不起，不能去那裡！」

「那不是你們家開的餐廳嗎？」

「你剛剛也看過我爸了吧？」

我回想起那個高壯的熊大叔。

「那個看起來很嚴肅的人啊！」

「嗯，我爸很嚴肅，我們家『公私分明』，就算我要去用餐，也還是照一般客人的規定，加上我最近和他處得很不好，所以……。」

「是喔！為什麼處不好啊？」

安麒面有難色的沉默了。

每次問到家裡的事，安麒總像是隱瞞了什麼，但身為男子漢，我才不會去探究他人隱私呢！反正有錢人的想法我們不會懂。

「嗯，那就算了。」我不以為然的說：「我們走吧！動作快一點還趕得上下午的活動呢！」

頂著豔陽，我們搭公車來到山上的慈暉宮。這間供奉著媽祖、關公和開山祖師等多種神明的大廟，總是頻繁的舉辦各種活動。

「哇——！」安麒一臉讚嘆的仰頭看著建在半山腰，高達七層樓的雄偉建築。

「你真的住在古島嗎？竟然從來沒來過這間廟。」

我不可置信的搖搖頭。

「你過的到底是什麼生活啊？」

「有錢人的生活。」

我盡力克制自己想送他一拳的衝動。

「我小的時候身體不好，家裡人盡量不讓我出門。」安麒接著說：「上了國中後，才沒有管得那麼嚴。」

「那你以後跟著我，包管你吃香喝辣，順便成為廟會通，如何？」我雙手插腰，神氣的提議著，順便幻想自己也可以向益哥那樣，收個小弟到處使喚。

「跟著的說法好怪喔！我們是好友吧！有事互相幫忙很自然啊！而且要跟也是你跟著我吧？」

難得我要照顧他，安麒這傢伙竟然拒絕了！

「哼！隨便你，反正我有天天這個小弟就夠了。」雖然是我幫天天跑腿居多就是了。

此刻雖是午休時分了，不過因為有活動的關係，香客眾多，我四下張望，果然看到了益哥，他正和廟方的師父講話。

「益哥！」

「阿立！你不是說今天不來了？」益哥意外看著我們。

「欸！臨時改變主意了，這是我的同學，他也想賺點零用錢，有工作可以給我們做嗎？」

「那阿立！你跟著師父去搬貨，至於你呢……」益哥斜眼打量著安麒，認為安麒手不能動、腳不能跑吧！

「你就帶著小白痴去摺蓮花吧！」

「小白痴？是指天天嗎？天天不是……」安麒困惑的問。

「好了！廢話少說。阿立！快帶他們去！」

「喔！」

我連忙拉走還想為天天辯駁的安麒，免得好不容易到手的工作泡湯了。

沿著滿是樹木的涼爽山路，我們來到後山堆放著許多雜物的禪房。禪房內有張圓木桌，還有幾張不成套的塑膠椅，牆邊則堆滿了裝著金紙的紙箱。

「這裡好涼快！」安麒驚訝看著窗外濃密的綠葉說道。

「對啊！而且因為是後山，所以特別安靜喔！」我打開窗戶，讓自然的涼風吹入透氣，盛夏的蟬鳴也跟著湧進，完全沒有市區的喧囂。

「這邊看到的紙都可以用。」我指著牆邊堆放的金紙說。

「天天！還記得怎麼做嗎？」

天天默默點頭，他已經熟練的搬了張板凳坐在桌邊，抽出紙來工作了。阮老師曾說過，天天是用身體在記憶生命，所以一進到這個房間，摸到紙張粗糙的觸感時，他自然就知道該做些什麼了吧！

摺蓮花的確不需要體力，但卻需要專注力和耐心。老實說，這是個比體力還要棘手的工作，我也曾做過一次，那時是跟著來參拜的婦女們一起摺紙，我笨手笨腳的，不像天天的巧藝深受阿姨們的喜愛。

「安麒！我可以教你喔！」只見天天拉著安麒，很快的帶領他進入狀況。再看了安麒和天天一眼，確定他們已經很習慣和彼此作伴後，我趕緊回到主殿，跟著師父跑上跑下、搬東搬西，直到師父決定告一個段落為止。

結束工作後，因為擔心他們的進度，我連喘口氣都沒有，又趕緊抱著幾罐冰涼的冷飲，沿著山路迅速回到靜謐的小禪房。

果然，進房一看，兩人真是標準的慢工出細活，半個下午過去了，桌上竟然只

擺了五朵摺好的紙蓮花。

「喂！你們動作太慢了啦！」我將飲料丟給他們，搬了張凳子，也加入了手工行列。

那個吹著山區涼風的午後，我們安靜又很專注摺著精巧的紙蓮花，四周只有蟬鳴、鳥叫，我竟然有種老僧入定的錯覺，很安心，很舒服自在，大概是因為在廟裡吧！

我注意到安麒的手藝意外的巧，他熟練的摺紙方式，一點都不像是第一次摺的人。

「喂！你滿厲害的嘛！」

聽到我的讚美，安麒笑著說：「我以前有個雙胞胎妹妹，叫『安麟』。」

「喂！怎麼從來沒聽說過啊！」

等等！我突然發現這句話中的玄機：「你說以前是指……」

「安麟七歲的時候，因為心臟病手術失敗，過世了……」安麒落寞的說。

「喔……」那不就和我差不多，我媽也是在六歲左右過世的。

「她住院的時候，最喜歡看一部卡通，內容是說，有個小女孩意外獲得了『光之天使』的力量，從此……可以變身成……」

「光之天使，請賜給我守護的力量！」一直安靜的天天突然大聲喊到，嚇得我和安麒有點不知所措。

「對！就是那個卡通！」安麒竟然跟著天天一起擺姿勢喊口號：「我要守護大家的夢想！」

面對突然組成卡通同好會的兩人，無法搭上話題的我有點不知所措，只好假裝冷靜的說：「嗯嗯！那也是天天最喜歡的卡通，原來那是重播的節目啊……好像是說……小女孩利用光之天使的力量，幫助了很多人吧！」

「對啊！就是因為那個動畫又重播了，我才想起和妹妹的約定。」

安麒又恢復了平常冷靜的模樣，剛剛的「御宅族」身影已經完全消退了。

「那也不用挑冏家庭吧？直接幫助一般人不就好了。」我不以為然的說道，就是因為這個計畫，害我的生活莫名的變得忙碌起來，雖然有很多好處就是了。

「那時，我們經常一起在病房看卡通。」

安麒完全不把我的抱怨放在眼裡，就這樣自顧自的繼續說起來了，果然是個很自我的人。

「妹妹問，要怎樣才能守護這世界上所有人的夢想呢？」

「那種事情根本做不到吧！」夢想什麼的，我根本想都不敢想。

「我也是這樣跟妹妹說。」

安麒竟然毫不猶豫潑重病的妹妹冷水啊！我也只敢在背後說說，真要在本人面前，一定說不出口。

「但妹妹卻說，天使一定會幫助我們！」

「啊！果然七歲的小孩都很天真。天天也毫不猶豫的相信『光之天使』呢！」

我看著天天摺起的蓮花，一朵精緻的紙蓮花立在天天掌心上，彷彿有了生命般的鮮豔。天天總是有辦法將摺紙展現出生命，這難道是相信天使的小孩所擁有的特殊才能？

「妹妹的夢想是讓世界上所有的孩子都幸福。尤其是貧困的孩子們，我想守護妹妹的夢想！」

安麒說：「而且……手術前，我向她保證過，只要守護了她的夢想，她的手術一定會成功。」

「啊……可是。」

「嗯！手術失敗了。」安麒落寞的說：「所以我想，起碼要讓已經變成天使且守護著我的妹妹感到開心。」

這可真是個沉重的保證啊！竟然被死者的夢想束縛著，我都已經忘記老媽的長相了，更不要說她的夢想是什麼，連遺言都忘得一乾二淨。我同情的看著安麒，突然想到：「欸！既然是雙胞胎，只有你妹有心臟病嗎？」

「我也有啊！」安麒若無其事的說道。

「欸！」可是安麒怎麼一副事不關己的樣子？

「那不是嚴重到會死掉的病嗎？像你妹那樣？」

「我的情況還好，只要不做劇烈運動，不受刺激就好了。」

「這樣啊！」

難怪這傢伙體力很差，如果被他的粉絲知道，她們應該會很失望吧……原來王

子並非十全十美。

「阿立！你很厲害！」安麒突然說道：「可以照顧天天，又能幫家裡工作。」

「也沒你想的那麼厲害啦！我一開始也是慌慌張張的，根本不知道該怎麼帶天天，我媽在我上小學前就過世了。至於我爸，他從來不工作賺錢，如果他回家，通常就是要錢而已……。」

我偷瞄安麒一眼，那傢伙一臉認真的聽著，看不出任何情緒，他果然很奇怪，一般人聽到我家的情況，都會露出同情的表情。

「還好有天天在。」

我摸摸努力摺紙的天天說：「就是因為要照顧天天，我才決定要變堅強的，讓自己更像一個男子漢！」

「男子漢？」

「哼！我跟你說，你可不要告訴別人。」

我自豪的說：「其實啊！我以前看過一本漫畫，那是同學借我的啦！」透過窗戶，我擺出眺望遠方高山的姿勢，讓自己看起來更「瀟灑帥氣」。

「漫畫裡的男主角剛出場時，是個一事無成的失業者，可是有一天，他意外救了隻走私的無尾熊，為了幫助無尾熊回到澳洲，他努力向上，成為動物警察，還打敗了走私集團。那時候我就覺得，我一定也要像主角一樣，從一個一無所有的人，變成可以倚靠的男子漢！」

我預期安麒會用崇拜的眼神看我，畢竟我們明明同年，但我卻如此成熟吧！我回頭一看，卻發現安麒用一種說不出來的奇怪目光，但絕對不是「崇拜」的表情看著我。

「阿立……你……意外的幼稚耶！」

我崇拜許久的夢想，竟然被輕易否定掉了，我氣憤的抓著安麒的領子質問他：

「你說什麼！」

「抱歉……但……噗！」

安麒竟然發出「噗嗤」的笑聲，他帥氣的臉此刻因為狂笑而扭曲成奇怪表情，這對我來說已經超越羞辱了！

「你給我道歉！」我乾脆勒住他的脖子威脅道：「竟然嘲笑男子漢的夢想！」

「對不起啊……」安麒一點誠意都沒有，並輕鬆掙脫我的威脅：「哇！笑的肚子好痛……那除了這個夢想，你還有什麼想做的呢？」

我緊張的看著安麒：「你問這幹嘛？又想取笑我？」

「抱歉啦！我不會再笑你了！真的！」

「嗯……勉強說也是有啦……」

「是什麼？」

「軍官……開飛機的那種……」我曾經在電視上看過，飛行軍官根本是集合了所有完美男人形象的職業。不理會安麒疑惑的神情，我繼續說：「不過我知道不可能啦！那得要很會念書，而且……我還要照顧天天……」我用金紙摺了隻紙飛機，沿著天天的頭轉了一圈，天天被這隻小小的紙飛機逗得開心，伸手抓住了飛機，飛機在他不知控制力道的掌握中，瞬間變成了廢紙團，我接過廢紙團，瞄準垃圾桶完美一丟，解決掉紙做的贗品。

「還有，你絕對不可以說出去喔！」

「為什麼？」

「反正不可以就是了！」我威脅他：「如果你敢說出去，我就把你是動漫迷的事說出去！」

「喔！我不介意啊！」

「閉嘴！這明明和你的王子形象有關！」

打鬧中，我們還是順利完成了不少工作，當益哥來盤點時，他盯著滿滿兩箱蓮花讚賞的說：「喔！做的不錯嘛！」

我不禁得意的回答道：「別看他這樣，他可是皇宮餐廳的小開喔！」

聽到皇宮餐廳，益哥的眼睛發亮。

「唉呀！原來是安家的少爺啊！抱歉！抱歉！我有眼不識泰山，阿立！你怎麼不早點跟我說！」益哥打了我的頭一下，真沒面子。

「少爺，以後有空常來玩啊！下次介紹好東西給你！」

益哥熱烈的歡送我們上公車，怪了，他平常有這麼親切嗎？

這天，我們都獲得了不少的零用錢，走在回家的路上，夕陽餘暉將道路映成溫暖的橘紅色，我們三個人的影子被拉得好瘦長。

「阿立！謝謝。」

「謝什麼？」

「謝謝你帶我來參加廟會啊！我第一次自己賺零用錢呢！」

「喔！那沒什麼啦！比起這個，你為了妹妹，靠自己的力量辦了『公益計畫』這才是真的厲害呢！你妹一定很高興，有你這樣的哥哥！」

「天天才是，阿立是個好哥哥呢！」安麒突然正經的說：「阿立！只要努力，夢想一定會實現！我來幫你吧！如果是軍校的公費生，學費和生活費就不是問題，如何？」安麒充滿自信的口氣，讓我有種腳底輕飄飄，好像一切都會順利的感覺。

「是喔！那就交給你啦！做為答謝，天使計畫交給我吧！我一定挺你到底！」

我們相視而笑，對我來說，這一切美好的不像是真的，和安麒成為好友，有人幫忙照顧天天，能痛快的說出自己的夢想和煩惱……但，這一切也只到那天為止。

那天之前，我還可以笑著和安麒說再見，從那天之後，我卻連正視他都難以辦到。

07 抉擇

人真的不能得意忘形，否則就會有人打醒你，並且告訴你生命早已是註定好的殘酷事實。

改變我生命的那天，天氣陰霾，沒有伴讀課程，不用關懷老人，我像往常一樣緊握著天天的小手，走在熟悉的巷弄間，打算回家做晚飯。我們走到家門前，看見院子裡一團亂，隔著紗門，只見客廳像颱風過境一般，各種物品散落一地。

雖然我家基本上家徒四壁，但如果把所有櫃子和抽屜裡的東西都翻出來丟在地上，也還是可以製造出小小壯觀的混亂。

此刻，我的指甲刀也掉落在冰冷的水泥地上，天天最喜歡的機器人模型，也支離破碎的倒在垃圾桶旁，那是「安麒」送他的生日禮物，還有我們的作業簿和課本也不用說，一頁頁被撕開來，雜亂的散落在地。

難怪我走到巷口時，街坊鄰居都用充滿同情的目光看著我們，我還以為自己作為男子漢的魅力終於被發現了，所以鄰居的阿姨們紛紛暗戀著我呢！

「搭啦！」我心裡不自覺的響起了「光之天使」的配樂，就是每次壞蛋要出場時，都會出現的驚恐配樂。

07 抉擇

賭鬼老爸久違的登場果然充滿魄力，還好我已經把存簿和印章藏在天天的書包夾層裡，絕對不會被發現！

「阿立……」天天害怕的緊拉我的衣角。

「沒事的，天天……」

只見穿著花襯衫的賭鬼老爸正大剌剌在客廳裡翻箱倒櫃，還好阿嬤還沒回家，我暗自希望自己能在阿嬤和賭鬼兒子重逢前，把他打發走。

「喂！沒有錢啦！」我鼓起勇氣說：「你再怎麼翻都沒有用！我幫天天報名了冬令營，現金都花光了。」

「給我騙！」

賭鬼老爸轉身一個手刀，就精準的往我頭上劈下來，我閃躲不及，被打得重心不穩，往門邊摔去。

我摔在一攤水上，迎面聞到了一股尿騷味，天天尿褲子了……天天的精神年齡畢竟只有五歲，只要遇到害怕的狀況，很容易尿失禁。

此刻，天天就像隻無助的小動物般發抖著，還用驚慌的眼神看著我，我強忍著

劇痛的手臂站起來，摸著天天的頭安撫他：「沒事的，等等帶你去買巧克力冰淇淋喔！」

天天聞言，乖巧的點頭，努力忍著淚水，明明怕得連手都在發抖了，卻勇敢的指著賭鬼老爸說：「壞蛋走開，我們不喜歡你。」

「什麼？現在是怎樣？這小白痴竟敢罵我？」被天天指責，賭鬼老爸不滿的向天天走過去，還順勢踢壞了一張木椅。

「沒錢就是沒錢啦！」我趕緊跳到天天前面，用身體護住他。

「上次你打傷了阿嬤，把錢拿光了，還花了那麼多醫藥費，我們現在哪還有錢啊！」

「你現在是在教訓你老子就是了？啊？」賭鬼老爸逼近我，身上散發出一股酒味。

「竟敢頂嘴！」

他舉起手就要攻擊，我下意識舉起手臂抵擋，他則毫不留情的手腳並用，揮拳亂打。我的雙臂又痠又痛，還被指甲抓出許多血痕，但我一動也不敢動，擔心會傷

到天天。或許是因為恐懼，天天的壓力已經累積到了極限，他大聲哭喊著：「壞蛋走開！走開！」

「這小白痴哭什麼啊！吵死了！」賭鬼老爸乾脆把我踹到一旁，伸手就要打向天天。

「阿忠啊！」一個聲音制止了賭鬼的暴行，我勉強抬頭一看，阿嬤神色擔憂的站在門口。

「怎麼一回來就打孩子呢！都吵到鄰居了……」

我無奈又失望的看著阿嬤，她總認為小孩被打只是家務事，沒什麼大不了的，重要的是面子和不得罪任何人，卻不曾正視我和天天的傷口……。

「哼！」賭鬼老爸似乎是放棄修理不討喜的兒子，轉向慈母要錢。

「錢咧？」

「我這邊有一點，你先拿去用！」

阿嬤趕緊從口袋裡掏出幾百塊來，這應該是她這星期的收入，賭鬼老爸一把搶去，仔細數著皺巴巴的紅色鈔票說道：「就這一點怎麼夠？」

「那是我們一星期的飯錢耶！」我忍著身體的疼痛，直接跟他頂嘴。

「好了，阿立！你少說兩句，阿忠啊！吃過了沒啊？」阿嬤擔憂的看著賭鬼兒子。

「阿立也要煮飯了，一起吃吧？」

「免啦！」賭鬼老爸的口氣很差，似乎不爽只得到那一點錢，所以轉身就往門邊走。

「阿忠啊！」阿嬤趕緊拉住賭鬼兒子的手。

「你不要再賭了，回家吧！孩子們都還小啊！」

賭鬼老爸勉強看了一眼狼狽的我們，我偷偷懷抱著一絲希望，期待他會回心轉意，但他只是撇開視線，甩開阿嬤的手。

「閃啦！」

「阿忠啊！」阿嬤毫不放棄，相隔幾個月才見得到的兒子，她想把兒子留下來的心情是很容易了解。

「煩死了！」賭鬼老爸為了擺脫阿嬤的糾纏，奮力伸手一揮，阿嬤就像被颱風

07 抉擇

吹倒的衰老木頭，咚的一聲！撞上了門板。

阿嬤虛弱的倚著門板滑落在地，門上留下了鮮紅的痕跡，我驚恐的看到阿嬤癱坐在地，腦袋流出暗褐色的液體。

「阿嬤——！」

看著被自己打昏的母親，賭鬼老爸呆愣住了。我以為他會露出慚愧的表情，但他只是罵了句髒話後，就腳底抹油……溜了。

我連滾帶爬的跑到阿嬤身邊，扶著她失去意識的頭，暗色的鮮血不斷流出，染紅了她灰白的頭髮，也沾滿了我的手和衣服。天天繼續哭著，我的腦袋一片空白，一閃一閃的紅色光芒一直在我眼前閃爍著，不知道是哪個好心鄰居發揮了愛心，叫了救護車過來。

恍神之中，我們已置身在冰冷的急診室裡，明明擠滿了求診的病患，強大的低溫空調還是讓我冷得直發抖。

我抱著天天在急診室外坐著，天天瘦弱的身軀不斷發抖著，好像要把靈魂都抖掉了。我的腦中閃過好多念頭，有恐懼、憎恨、衝動和悲傷，還有一股無可奈何的

強烈希望，希望賭鬼老爸永遠消失在這個世界上……。

我向醫院借了件兒童睡褲給天天換上。上次阿嬤的手被破碎酒瓶玻璃割傷時，縫了二十幾針，那這次要縫幾針？而且這次是頭摔破了，會不會留下後遺症？

住院期間，阿嬤沒辦法工作，我們的收入來源中斷，加上回診的醫藥費，家裡的經濟怎麼辦……就在我擔憂這煩惱那時，阿嬤躺在病床上被推了出來，一個穿著綠袍的醫生走過來，她拉下口罩，宣布了讓我「措手不及」的消息。

「目前傷口是縫好了，但是你阿嬤陷入昏迷，我們決定先把她送進加護病房做觀察。」

「昏迷？」

昏迷是什麼意思？要觀察多久？什麼時候會醒來？有後遺症嗎？面對我所有的疑問，醫生通通搖著頭，最後丟下我和天天，沉默的離開了。

我們來到空蕩的加護病房外，隔著玻璃窗看著阿嬤沉睡的模樣很安詳，我心酸的想到，或許阿嬤就這樣不要醒來比較幸福，也不用擔憂賭鬼兒子，也不用辛苦工作了。而我呢……明明才和安麒聊了夢想什麼的，結果就發生了這種事。果然，囧

小孩的生活不太可能會平順……都是因為和安麒混在一起，讓我以為自己有機會實現夢想了，我太「得意忘形」了。這是老天爺給我的懲罰嗎？要我好好看清楚自己的狀況，不要妄想。

「阿嬤……」在空無一人的走廊上，我抱著天天，忍不住哭了起來。

稍晚從醫院回到家，我整理了客廳，安頓好天天，估算了醫療費的自付額後，反覆無眠的想了一整個晚上，終於……我做出了決定。

隔天，我照往常將鬧彆扭的天天送去學校，他哭鬧著想去醫院看阿嬤。而我則躲著老師和同學，連續翹了好幾天的課，直到那天走得不夠快，終於被最不想見的人給逮到，還接二連三的出現呢！明明為了躲開老師和同學，都特地等到放學人潮散去後，才遮遮掩掩的出現，甚至要天天走出校門，到對面的巷子找我，但那天，精明的阮老師跟在天天身後出現了。

「阿立！你翹課很多天了吧！你們導師都連絡不到你，為什麼不來上學？」巷子裡，阮老師插著腰追問我。

「如果是為了醫藥費和生活費的事，可以找我或者社工商量啊！」

「啊！煩死了，沒事啦！」我拉著天天轉身就走，完全不顧阮老師還在背後呼喊著。

我當然知道阮老師和社工姐姐都願意幫忙，但就是不想要她們幫忙才躲著。總是受別人幫助，我要接受到什麼時候？而且我已經有工作能力了，還靠別人救濟就太糗了，是男人的話，就要自己想辦法解決！

「阿立！」

又一個煩人的傢伙，而且是我最不想見的人出現了。

安麒提著捐款箱穿過馬路向我走來，看來是募款收工，準備要回家吧！我拉著天天加快腳步，假裝沒聽見安麒的呼喊。

「阿立！等等我！」

安麒竟然跑了起來，喂喂！這位少爺不是有心臟病嗎？

「幹嘛？」看他氣喘吁吁的模樣，我趕緊停下來等他。

「呼！呼！」

07 抉擇

天天一看到安麒，馬上黏了上去，可惡的小叛徒，但他們畢竟好幾天沒見了，我現在一下課就馬上拉著天天到醫院去。白天翹課打工，晚上反而有空可以好好陪天天和阿嬤，也不需要參加伴讀了。不知道缺少了天天的參加，伴讀還有繼續嗎？

「阿立！你是為了籌錢才沒來上學的吧？」

安麒從書包裡拿出了一個信封：「這是班上的同學還有老師們一起捐的錢，給你。」

才幾天沒見，這傢伙講話還是一樣直接，拜託！也為我的心情想想吧！我直接推開安麒遞過來的信封：「我不需要啦！」

「怎麼會？」安麒竟然還擺著意外的臉問。

「我不需要幫助啦！從小到大都靠別人資助過活，累積下來的人情債很可觀，我還不起啦！」

「阿立！大家互相幫助是很自然的，沒有人要求你回饋啊！」

「那可不行！是男子漢就要有借有還！沒有人需要我回饋，我卻必須一直靠人施捨過活，這樣跟廢物有什麼兩樣？」

「阿立……」

「反正我不需要那些捐款。」我推開安麒。

「我要走啦！掰掰！」

「你要放棄當飛行官嗎？」

「我已經跟你說過了，那是不可能的啦……只是隨口說說而已，拜託你不要當真吧！」

「阿立！」安麒不死心的在身後問道：「你明天會來上課嗎？」

我揮了揮手，沒有給他答案。

天天不情願的跟著我，從他的表情看來，他很希望和安麒相聚。

唉……在這樣下去，天天生氣了。我得準備禮物讓他開心，再加上今天晚上還有打工，得要帶著天天一起去，天天會更生氣，我得準備更好的禮物哄他才行。

這種模式要循環到什麼時候，天天才能體諒我？

我默默翹了一星期的課，其實都在幫益哥跑腿。

做出決定的那天，我沒有向任何人說明，偷溜出了學校。當我在校門口看到募

07 抉擇

款的安麒時，曾經有向他求援的衝動，但一想到這畢竟不是小事，而我積欠的人情到下輩子都還不清了，還是自己想辦法吧！反正我原本就打算畢業後直接工作，現在找益哥報到也沒差多少吧！

我向廟裡問了益哥的地址，來到一棟老舊公寓的三樓。

剛到時，我很意外益哥住在那種地方，公寓樓梯散發著霉味，地上還不時有老鼠竄過，我幻想益哥這麼有男子氣概的人，應該會住在廟裡，或者某個通風又明亮的四合院裡，而不是這種又舊又破的發霉公寓。

按了電鈴後，懷著忐忑不安的心情等了一會兒，益哥才穿著家居服來開門，而且還是一臉剛睡醒的模樣。

隔著門縫，我瞥見客廳裡有幾名年紀和阿召差不多大的少年，都是曾在天后宮看過的，他們有的在打電動，有的在午睡，看客廳堆著許多抱枕和棉被的樣子，似乎很常有人在那打地鋪，而桌上還有吃剩的泡麵，地上堆滿雜誌和漫畫，總之就是非常邋遢的地方，難怪有老鼠、蟑螂為鄰。

「益哥！」我乖乖點頭打招呼。

「欸！阿立！你怎麼來了？不用上課喔？」

「學校……不去了。」

益哥連眉毛都沒抬，只是點點頭說：「那好，我剛好很缺人手，你就跟著阿召吧！」

「欸？」

「怎樣？有問題嗎？」益哥毫無形象的挖著鼻孔說。

「沒有……謝謝益哥。」

就這樣？沒想到這麼簡單就得到工作了，我原本心裡還躊躇著，不知道要怎樣才能說服益哥安排打工給我，畢竟我未成年，又沒有一技之長，更想不到有天我會成為阿召的小弟。

看躺在沙發上的阿召一副小人得志的模樣，我心裡真是一百萬個不願意，但為了醫藥費和生活費，有時候男子漢就是要忍氣吞聲，我沮喪的自我安慰著。

剛開始時，阿召只是帶著我在社區裡到處閒晃，偶爾叫我幫忙跑腿，雖然沒做什麼事，但益哥不時會拿點零用錢給我，暫時的生活費也有了著落，再次讓我確定

07 抉擇

投靠益哥的決定是對的。

跟著阿召到處閒晃了幾天後，我才知道除了在廟裡工作，益哥也經常幫市內的「大哥們」做事。其中的例行工作之一，就是「送貨」。

貨通常用牛皮信封裝著，有一次，我看到阿召從裡面拿出一顆藥丸，隨興的放進嘴裡，我才知道原來所謂的「貨」，就是阿召和他的朋友們三不五時會嗑的「搖頭丸」！

「阿召！那不是重要的貨嗎？」我意外看他俐落的嗑掉一顆。

「嗯！只是一顆沒關係啦！你要不要也來一顆？」阿召睥睨的看著我。

「不……不用。」我連忙搖頭。

雖然看到阿召他們「來一顆」後，總是充滿精力，好像煩惱一掃而空的樣子，讓我也「躍躍欲試」，但是一想到那是益哥的東西，不敢違抗他的恐懼戰勝了好奇心，因此我始終沒有嘗試過。

「你這俗辣，我警告你，你要是敢跟益哥告狀，我會讓你好看喔！」阿召將手指關節折得喀喀作響，擺出一副狠樣威脅著我。

「喔……我知道了啦！」

唉！英雄也要為五斗米折腰，被馬屁精威脅的感覺真糟，就像是陷入爛泥巴裡後，還順便被天上掉下來的石頭砸到一樣，或者更糟。

不過當我發現阿召和他的狐群狗黨來一顆後，雖然會充滿精力，不管是打電動還是跑腿都超神猛，可是藥效過後，他們竟然比沒吃藥時還要沮喪一百倍。這種從人間到天堂，然後再到地獄的路程，實在沒有多吸引人，我從此確定自己絕對不碰那些藥丸！但以後每次想到這些「貨」會讓更多人來回天堂與地獄之間，我就有種心虛的感覺，而牛皮紙袋拿在手上，那略顯粗硬的觸感彷彿像針扎手般，但為了每次送貨可以拿到的數百元酬勞，我還是將不安感放一邊，乖乖做事。

結束跑腿後，阿召偶爾會遞一根菸給我，看他吞雲吐霧的模樣，我就不想像他一樣。基本上，阿召覺得有趣的事，我就選擇「敬而遠之」。

天天也討厭阿召，光是在抽菸的阿召身旁待著，天天就會露出不開心的臉，所以每次我都拒絕他遞來的菸，但這次，阿召露出一副我要是敢拒絕，一定給我好看的表情，看到他脅迫的眼神，我只好接過菸吸了一口，馬上被嗆到。

07 抉擇

「嗯！終於上道了一點啊！」阿召滿意的看著我咳嗽模樣。

「以後我們就是兄弟了，益哥當然也早就把你當小弟看，若有什麼事，我和益哥都會罩你，跟著我們，包你有吃有喝有玩有爽！走啦！」阿召說完，轉身離開了巷子。

嗯……這種化學物質到底哪裡好啦？背對著阿召，我偷偷將香菸踩熄，期待身上不要留下菸味，不然又要面對天天的怒顏，但是可以和益哥「稱兄道弟」，又讓我有種莫名的優越感。

那天，連番被安麒和阮老師逮到後，學校的事還沒解決，我直接帶著天天去領貨，迅速送完貨回到公寓，只想快點去醫院，就見益哥和阿召抱著胳臂，在髒亂的客廳走來走去，一副煩惱的樣子。

「啊！有了！我想到一個不錯的點子了！」看到我出現，阿召突然指著我大叫起來：「阿立不是認識皇宮餐廳的小開嗎？」

聽到阿召的話，益哥眼睛一亮。

「對耶！」他抓著我的肩膀，熱烈的說道：「阿立！我有件重要的工作要交給你！」

「欸？可是……我要帶天天去醫院……」

「你這麼沒義氣嗎？」益哥說

我不能被認為是沒義氣的傢伙，不然會被看不起，只好硬著頭皮說：「要做什麼？」

「很簡單，」阿召露出讓我頭皮發麻的笑容說：「你知道『邢哥』吧？」

「嗯……那個……好像是……古島幫老大？」

「算你上道，就是他！」益哥讚賞的說：「前兩天是邢哥女兒的生日，大小姐最喜歡皇宮餐廳的菜，邢哥原本打算包下整間餐廳幫大小姐慶生的，但是……」

益哥誇張的搖搖頭說：「皇宮餐廳竟敢不識相，說那天已經預約客滿了，要預約得要排隊。」

這是理所當然的吧！我心裡偷偷想著，卻沒膽說出口反駁。

「所以大小姐的生日只能改選其它餐廳辦了。」

「喔……欸……所以呢？」

07 抉擇

「所以我們做小弟的，當然要幫大哥出口氣啦！」

「對，最近那個皇宮餐廳太囂張了！竟敢拒絕大小姐的慶生宴會！」

「那……該怎麼做？」

「動動你的大腦啊！」

阿召誇張的說：「哼哼！當然是要給予最重的報復！」

「一個餐廳最重要的是什麼？」益哥和阿召兩人好像說相聲般，一搭一唱宣示著他們的偉大計畫。

「欸……好吃？」

「笨蛋，當然是衛生啦！」

「所以我們準備了這個。」阿召從廚房裡拿出一個小籠子，我驚恐的發現籠子裡爬滿了大小不一、黑壓壓又油亮亮的蟑螂。

「這……這是？」

「我們要把這籠小強放進皇宮餐廳的廚房。」

「可是呢！剛剛想破了頭，實在想不出可以溜進廚房又不被發現的方式。」

「所以囉！你就去拜訪那個小開，然後讓他帶你進廚房，把這些小強放進湯裡啦！菜裡啦！反正每道菜都加一下料就是了！」

「可是……益哥……這一點都不『光明正大』……」

而且也不像男子漢會做的事啊！

「破壞衛生什麼的……還是不要吧……」

可惡，如果真做了，破壞的不只是安麒家的生意而已，還包括我們的關係啊！到時候天天肯定會恨死我，我絞盡腦汁想說服益哥放棄。

「而且益哥……沒有人會幫別人砸自己家招牌吧？」

「你又不用跟他說你的目的，你只要隨便騙他一下，讓他帶你去廚房參觀就好了。」阿召在一旁搧動著。

「阿立！看來你還沒搞清楚狀況啊！」益哥不爽的說：「這不是這麼簡單的問題，這關係到面子啊！如果今天就這麼算了，那以後邢組要怎麼出來混？反正這件事就交給你，在你辦好之前，這個小白痴就先放這吧！」

益哥突然抓住天天的手，將他拉向自己。

07 抉擇

「天天！」

「阿立——！」突然被抓住，天天緊張的想掙脫，卻被益哥連人帶書包給拎了起來。

「擔心什麼？我又不會吃了他，你快點去弄，早點回來，就可以早點帶小白痴回去啦！」益哥邊說，邊把天天強壓到沙發上坐下。

「阿立！」

「阿立！這麼重要的工作就交給你啦！你可要好好做，不要辜負了益哥的期待喔！」

阿召得意的笑著，並將手上那一籠蟑螂塞給我，我勉強接過那籠蟑螂，感覺好像沙袋一樣，重的不得了。

看著益哥和阿召一臉認真的模樣，我心急如焚：「益哥，這和天天沒有關係，我可以帶他一起去。」

「煩死了，誰知道你會不會突然膽小落跑啊？」

「不會的……我當益哥是大哥，我說到做到。」我伸手想拉走天天，卻被益哥

兇狠的表情嚇到：「我們好不容易想到這麼完美的計畫，還打算讓你成為最重要的一份子，你到底有沒有把我這個大哥看在眼裡啊？」

「益哥！我看啊！阿立嘴上說自己是男子漢，其實真的遇到事情，連個屁都不敢放吧！」

阿召大言不慚的說：「也對啦！嘴巴說說都很容易！」

「阿立！現在是你證明自己的時候了，如果以後還想要和我當兄弟，就把誠意拿出來吧！」益哥捏著天天的臉說道。

「阿立……嗚……」

天天忍著眼淚，可憐的模樣讓我好心疼：「天天，你等等，哥哥馬上就回來接你！」我趕緊抓著籠子衝出了老公寓。

我馬不停蹄的跑到皇宮餐廳前，佇立在餐廳斜對面的陰影處，前方就是通往安麒家的斜坡了。我盤算著自己偷偷潛入的方式，完全不想把安麒扯進來，但是事實上，我已經站了快一個小時了，腦中什麼想法都沒有，只是一直交替浮現天天驚慌

的眼神和傍晚見到安麒時，他臉上擔憂的表情。

事情怎麼會變成這樣？我去找益哥，不是為了要做這種事的，我只是想賺點零用錢啊！努力過簡單的生活，努力拉拔天天長大，想辦法訓練他自立，我也就安心了。

不是我在炫耀，天天說不定能成為手工藝達人呢！雖然做的比較慢，但天天有耐心又細心，如果我現在真的破壞了餐廳，我還能無愧的站在安麒和天天身邊嗎？他會知道是我做的嗎？

我不時偷瞄著斜坡，心裡盤算著，只要跑上斜坡，就可以到安麒家，然後告訴他前因後果，請他幫忙。

幫忙什麼呢？什麼都好，一定有能救天天又能繼續打工，還可以不傷害任何人的方法啊！快決定啊！我可是個男子漢啊！到底要往斜坡走還是要往餐廳走？我煩躁的扯著自己頭髮，煩惱的想著，為什麼最近要做的決定這麼多！

「阿立？你在這裡做什麼？」

突然出現的聲音，嚇得我差點尿失禁，我陷在自己的煩惱中，完全沒注意到腳

步聲接近，回頭一看，站在身後的，不就是讓我煩惱不已的笨蛋王子安麒本人嗎？

「你……你怎麼會在這裡？」這也太巧了吧？

「我剛從張奶奶家回來，現在要回家啊！」聽他這麼一提，我才想起來，今天是安麒固定探望張奶奶的日子，除了送便當，還要幫奶奶打掃家裡和聽她訴苦。

「你怎麼沒和天天在一起？」安麒困惑的四下尋找著天天。

「天天……他……」看著安麒擔憂的表情，我突然有種想一吐為快的感覺。

「天天怎麼了？」

「安麒……幫我……」我拉下面子懇求他。

聽到我的求救，安麒意外的瞪大了雙眼，而我完全不敢抬頭看他，一股腦說出了事情的「前因後果」。

當我說完，我偷覷著安麒，只見黑暗的陰影中，他的表情受到路燈的照耀，朦朧中散發著光芒，好像真的天使一樣。

「原來如此……」

聽完來龍去脈，安麒冷靜的點點頭：「那我們去接天天吧！」

07 抉擇

「接天天？」

「嗯！走吧！直接去老公寓。」

「你不要說得那麼簡單！」相較於安麒的冷靜，我驚慌的反對著：「如果被益哥知道我什麼都沒做就回去，他一定會生氣，以後也不會給我工作做了，更不要說當我是兄弟了……不關你的事，你才可以說得那麼輕鬆！你也幫我想想吧！」

「阿立！」安麒露出了我從來沒看過的嚴肅表情。

「你真的希望和那位益哥當朋友嗎？」

「什……什麼意思啊？」我心虛的反問：「你覺得益哥有什麼不好嗎？你……你瞧不起人啊？」

「阿立！如果我要選擇朋友，我會選像你這樣，會關心天天，照顧天天，也不會讓自己的手足陷入危機或困難。」

我啞口無言的看著安麒，這傢伙果然是個笨蛋。

「我這不就讓天天陷入困境了……」

「才不是！你是努力想救天天，讓天天和你都陷入困境的，是那位益哥和阿召喔！」

「那也是因為我的關係……說到底，還是我的錯。」

「唉……你還真是愛鑽牛角尖……」

安麒無奈的說：「那先不要管誰對誰錯，反正你不想搞破壞，也想救天天，對吧！」

「對啊……有什麼辦法嗎？」

「那我們現在去接天天，然後不要讓他們知道你沒有做就好了。」

「可是……他們之後知道了怎麼辦？」

「阿立！你不要再幫益哥跑腿了，明天我們一起去找阮老師吧！她一定會有辦法幫你的。」

「結果，還不是要我依靠別人……」我沮喪的說。

「反正都是求人，你要找益哥還是阮老師？」

我的腦中浮現益哥抓著天天，而天天驚慌無助的表情，和阮老師在一起時，天天總是笑容滿面，答案當然不言而喻，我認命的點頭說：「我知道了！」

07 抉擇

「那走吧！」安麒一如往常，充滿自信的領著我往回走。

跟在安麒身後，我的手裡還提著那籠蟑螂，但籠子卻不可思議的變輕了，我的步伐也跟著輕盈起來。這是阿嬤入院以來，我第一次覺得輕鬆自在，覺得……有互相信依賴的朋友在身邊真好，我好像不用那麼努力假裝自己什麼都做得到，必須要是個男子漢了。

我們用最快的速度回到老舊公寓，公寓內斑駁的牆壁在夜晚看來更是陰森。

「你這麼晚沒回家，真的沒關係嗎？」我壓低音量，好奇問著和我一樣像在便祕般辛苦蹲在樓梯角落的安麒。

「放心吧！我爸媽晚上不一定會回家，就算回去了，也不會知道我在不在。」安麒不在乎的說。

雖然不用擔心夜歸的事，但父母不知道小孩有沒有在家……這種情況不是更令人擔心嗎？我不禁對安麒投以同情的目光，並暗自決定改天要主動關心他一下。但肯定不是現在，此時，我們正躲在陰暗的公寓樓梯口，耐心等待益哥家的門開啟，

那扇門前散亂著多雙布鞋，而那裝滿蟑螂的籠子，也還放在我腳邊。

「喂！」

耐不住性子，我忍不住一再找話題聊：「這樣好像電視裡常演的，情報英雄拯救人質的感覺？」

「那我們就是拍檔囉？我們絕對是最佳拍檔！」

「噁心死了，誰要和你當拍檔啊！我還排檔咧！」我一邊閃躲腳邊的小老鼠，一邊毫不留情的吐槽安麒。

雖然他挺身相助讓我感動的要痛哭流涕了，而且我也覺得自己不用再逞強，但要我一下子就丟掉自己硬漢的形象，還是有很大的困難啊！

「噓！好像有人出來了。」

我趕緊往公寓的鐵門看去。正如安麒所說，我們緊盯的公寓門終於開了，阿召和狐群狗黨們一臉頹廢呆滯的模樣，走了出來。

他們一邊穿鞋一邊喧嘩，我們壓低身子，等到雜亂的腳步聲和玩鬧聲逐漸遠離後，才像土撥鼠般謹慎的伸頭查看。

計畫是這樣的，為了避免毫無勝算的衝突，我們決定智取益哥。在確認公寓裡只剩下益哥後，我上前按門鈴，假裝報復計畫順利成功了，等益哥不疑有他，我就能順利的把天天帶走，至於之後的事就交給阮老師想辦法吧！她是胖狐狸轉世，一定有法寶可以幫我！

「那我去囉……」

「嗯，我在這邊等你。」

我和安麒兩人四目相對，我心裡默默感謝他的支持，接著毅然轉身，吞了吞口水，懷著忐忑的心按下門鈴。

益哥如預期般邋遢的開了門，到這為止，都和預想一樣，再跟隨益哥進門前，我最後向樓梯瞥了一眼，看到陰影中的安麒做了一個放心手勢，我才鼓起勇氣，踏進龍潭虎穴的老舊公寓。

一進門，依舊混亂不堪的客廳映入眼簾，卻不見天天身影。

「益……益哥……天天呢？」想到待會兒要撒的謊，我緊張的差點咬到舌頭。

「你不用擔心，小白痴累了，大概在房間裡睡死了吧！」

大概……意思是平安嗎？

「益哥，我已經完成工作了……」

「喔！那我問問看。」

只見益哥拿起手機，撥了個號碼：「喂！胖仔，你吃飯吃得怎麼樣，有收到禮物嗎？」

完蛋了，怎麼會這樣？益哥竟然會馬上打電話確認，我頓時覺得背脊發涼，冷汗直流。

「嗯……嗯……」益哥邊講電話，邊用狐疑的眼光看著我。

「那我知道了，辛苦啦！你可以去結帳了。」

關掉手機，益哥眼神冷酷的瞪著我。

「喂！阿立！餐廳沒有發生騷動耶！你是把蟑螂放到哪裡去了啊？」

益哥伸出手，抓住我的領子將我拎了起來。

「你是在開我玩笑嗎？該不會是在騙我吧……」

我被嚇得連聲音都發不出來，心裡正慌張時，耳邊突然傳來刺耳的警鈴聲，益

07 抉擇

哥也被嚇到，不知所措的到門邊查看，似乎是老公寓的火警突然大響，我趁機衝到房間裡，果然看到了天天，熟睡中的弟弟看起來狼狽不堪，臉上都是淚痕。

我心疼得要命，一把搖醒天天，他睜開疲倦的大眼，揉著眼問道：「阿立？」

「天天！忍耐一下，我們快點回家吧！」我轉身蹲下，示意天天爬到背上。

揹著天天回到客廳時，益哥正忙著將桌上的「貨」打包，慌張的收拾那些見不得人的東西。

看見我們，益哥伸手阻攔，但是門邊卻突然出現大量的黑色物體急速逃竄進屋內，我們定眼一看，竟然是蟑螂大軍，嚇得益哥轉而衝進廚房，拿出掃把開始奮力和蟑螂軍團作戰。

趁此機會，我揹著天天跑出公寓，果然看到在樓梯口等待的安麒，我們迅速衝下樓梯逃出公寓，且絲毫不敢懈怠的努力跑了一段路才停下來。

我們氣喘吁吁的在電線桿旁休息，等呼吸平穩後，我才問安麒：「喂！警報是你弄的嗎？」

「不錯吧！」安麒邊喘氣邊露出得意的表情說：「我想你可能需要點支援，加速計畫的進行！」

「謝啦！幹得好！」

我拍拍他的肩膀，卻覺得他的體溫冰冷，整個襯衫都濕透了，這才發覺安麒面無血色。

「喂！你還好吧？你流好多汗……」

我擔憂的看著他，不安的想起安麒曾說過，自己不能做劇烈運動的事情。

「安麒！你快點先回家休息吧！天天有我看著，有問題我們明天再說！」

「嗯……」

好不容易逃脫的我們鬆了一口氣，正準備要各自回家，迎面卻出現拿著手機的阿召，後面還跟著那些中輟生，他不懷好意的露出猙獰笑容。

「好哇！你竟敢騙益哥。」

我們呆若木雞的看著阿召，他對著手機那頭得意的報告著：「益哥！找到了，還有皇宮餐廳的小開也在。好！我知道了！」

阿召收起手機，像平常那樣將手指關節版折得喀喀作響。

07 抉擇

「你們這兩個傢伙把益哥整得好慘啊！就讓我們來好好算算這筆帳吧！」

他們彷彿像是看到了獵物般的向我們撲了上來，我一把抓住天天的手，死命跑起來，一旁的安麒也跟著我們拔腿就跑。

我們連跑了好幾條巷子，但他們窮追不捨，一直追到住宅區。此時已是深夜時分，巷子格外安靜，數名少年的追逐戰在巷內聽來格外刺耳。

「哇！」慌亂之中，身後傳來安麒的慘叫，我回頭一看，安麒跌了個大跤，悽慘的摔在地上，阿召等人馬上向前圍住他，安麒掙扎著想爬起來，卻被阿召從背後踹了一腳，又跌了個狗吃屎！我趕緊激動的胡亂喊一通，把閃過腦袋的話通通喊了出來：「救命啊！搶劫啊！失火了！有人心臟病發了！救命啊！快叫救護車！殺人啦！殺人啦！失火！地震！」

「你這傢伙！」

阿召轉移了對安麒的攻擊，憤怒的朝我襲來。

「怎麼了？發生了什麼事？」

「誰在鬼叫啊？要不要睡覺啊？」

大聲求援的效果顯著，原本陰暗的巷子裡，家家戶戶逐漸亮起燈來，居民們穿著睡衣，有人好奇，有人擔憂，有人憤怒的拿著球棒走出來查看，人群逐漸圍靠了過來。

「欸？這位小弟怎麼了？」一位穿著小叮噹睡衣的大叔指著安麒問道。

「少年欸！你們在幹什麼？」某個頂著粉紅色髮捲的大嬸問。

「打架喔？這麼晚了到別的地方去！不然我們報警囉！」持著球棒的汗衫壯漢恐嚇著。

居民們你一言我一語，完全不把阿召他們放在眼裡。

「欸！小弟！你還好吧？小弟？」

小叮噹大叔扶起安麒，發覺安麒面無血色，

「喂！這個小弟昏倒了耶！」大叔露出擔憂的神色說。

居民們紛紛把目光投向明顯是「壞人角色」的阿召。

接收到居民們充滿敵意的目光，阿召驚恐的想要撇清關係，完全沒有先前的氣勢。

07 抉擇

「我們……我們什麼都沒做，不關我的事啊！」阿召和他的狐群狗黨們立刻落荒而逃。

看著阿召等人逃跑的身影，我得意的呼喊著同伴：「喂！安麒！不用裝了啦！他們已經走了，喂！」

安麒依舊毫無反應，一動也不動的躺在大叔懷裡。

我這才意識到事態的嚴重，騙人的吧？難道自己剛才亂喊的事成真了？

「喂！安麒！快起來啦！我們好不容易救出了天天，就憑我們耶！沒有向任何人求援耶！我們做到了耶！安麒！快起來！安麒！喂！」

「同學！不要動他。」

粉紅髮捲阿姨拉開了我。

「已經叫救護車了，讓開一點，現在要先讓他保持通風。」

「安麒？」天天不知道發生了什麼事，也跟我一樣呆站在旁。

混亂中，居民們七嘴八舌討論著，直到救護車來，我看到安麒被抬上擔架，雙眼緊閉著。我驚恐的祈求著老天爺，拜託一定要讓安麒平安無事，即使讓我無法實現夢想，無法成為受人崇拜的男子漢也無所謂，我再也不會和益哥扯上關係了，再也不會假裝自己很厲害，也會選擇阮老師和他人的協助，拜託！不要因為我的固執而害了安麒啊！

那晚，救護車紅色的警戒燈熟悉的閃爍著，而安麒生死不明。

08 暫停的心跳

急診室的椅子冰冰冷冷，天天躺在我的大腿上熟睡著了。

短短不到幾天，我又回到了急診室，又向醫院借了兒童睡褲幫天天換上。一切都像曾經排練過一般，但我卻沒有習慣的感覺，只有越來越糟的情緒伴隨。

急診室中，不斷有人忙碌的來回走動著，隔著綠色簾子的縫隙，我看到安麒躺在病床上，一會兒被拿著針筒的護士扎針，一會兒又被多名戴著口罩的護理人員電擊，和阿嬤相比，看著躺在病床上毫無反應的安麒，我的大腦沒有一片空白，反而是愧疚和不安的情緒持續在腦袋裡打轉。

我努力祈禱著，只求看到安麒睜開眼睛，再一次對我露出那太過燦爛而欠扁的微笑。

祈禱中，我的腦中突然閃過媽媽躺在病床上的畫面。

「騙人的吧？怎麼突然想起這些事情，這是不好的預感嗎……沒有道理啊！快點忘掉！」我慌亂的自言自語著，聞著急診室的消毒水味混雜著些許血腥味，讓我有種想吐的感覺。

我趕緊用手摀住嘴巴，卻摸到了自己已經濕潤的臉頰！我……在哭嗎？絕對沒有！這只是冷汗而已。男兒有淚不輕彈，而且我緊張什麼？安麒又還沒死，不像我媽真的死了……冰冷的手，僵硬身軀再加上蒼白的臉。

我想到阿嬤現在也躺在病床上，每個人都躺著……而媽媽臨死前到底說了什麼？可惡！又冷又懊惱！

我的思緒混亂，全身顫抖著，而安麒的側臉卻很平靜，彷彿事不關己。

綠簾內的心電圖突然發出一陣刺耳長音，伴隨螢幕上平穩的直線。我覺得自己的心跳也跟著漏跳了一拍。

「準備開胸！」一名醫生冷靜的說。

我驚恐的瞥見安麒的胸腔被打了開來，接著就失去了意識。

朦朧中，我發現安麒倒在黑暗的小巷裡，一堆穿著怪異衣服的人衝上前去，有的人頭上戴著粉紅髮捲，有人頂著浴帽，甚至還有人帶著眼罩和球棒，他們用一把彩色的鋸子鋸開安麒的胸膛，不可思議的是……一滴血都沒有留。

我想大叫！卻發不出聲音，只能眼睜睜看著一群穿著小叮噹睡衣的奇怪小丑把安麒開膛剖腹，最後……拿出他的心臟。

「阿立！」

我睜開眼，看見阮老師一臉擔憂的站在面前。

自從阿嬤住院後，阮老師就自願登記成為我們的連絡人，而這次天天和我都受了輕傷，所以院方連絡她過來，安麒出意外的事自然也被發現了。

「如果你們和老師講，或許安麒就不會發病了。」聽完我的敘述後，阮老師生氣的指責著。

「還好天天沒事。」

「……」

我無言並看著天天和我一樣包紮著繃帶的手臂，我醒來時，傷口已經被處理好了，不過還是和天天一起躺在走廊的長椅上，大概是院方看我們只是昏睡，也沒必要讓我佔用床位吧！

走廊那頭，曾經看過的嚴肅大叔和美艷阿姨走了過來，他們身後各跟著一位穿著西裝，看起來像是秘書的人，看來已經去看過安麒了。

「你是阿立？」美艷阿姨的身上依舊很香，不過頭髮凌亂許多，她語氣冷酷的

指控著：「我都聽說了，都是因為你，安麒才會心臟病發！」

她又轉過頭，指著阮老師的鼻子罵道：「妳到底是怎麼教學生的？竟然讓學生在深夜裡到處亂跑？」

我和天天都被美艷阿姨的憤怒嚇到，天天緊抱著我的腰躲到背後去，內疚的同時，查覺到美艷阿姨的說法有點怪……深夜已經不算是老師的工作了吧？而且阮老師是天天的老師，純純小姐才是我們的班導。

我偷瞄到阮老師額頭爆著青筋，似乎極力想保持冷靜。

「安太太，請妳理智點，這是意外，我們沒有人希望發生這種事！」

美艷阿姨原來是安麒的媽媽，看著阮老師冷靜面對憤怒的家長，換做是我就做不到，我只敢膽怯的問：「請……請問，安麒還好嗎？」

「這已經和你們沒關係！」美艷阿姨冷酷的說。

「安太太，請不要這麼說，這兩位都是安麒的好友……」

「好友還害他受傷，這種朋友不要也罷！請你們不要再接近我們安麒了，這次命大救回來了，下次呢？你們打算害安麒沒命才甘願嗎？」美艷阿姨冷酷的留下恐嚇後，迅速轉頭踩著高跟鞋轉身離去，看她離去的背影我多想告訴她，我一點都不希望安麒有事啊！

「老師！我們得知消息後都很驚慌，現在安麒即將要動手術，這原本可以避免的。」令人意外的，嚴肅大叔語氣溫和。

「我知道安麒把你們當成好朋友，但就如內人所說，希望你們不要再接近安麒了。」嚴肅大叔說完也跟著離去，我們只能無奈的看著他們沉重的背影。

「阿立！你先回家吧。」

阮老師疲倦的揉著太陽穴說：「留在這邊也沒什麼事，接下來就交給安麒的家人處理。」

「我知道了。」

聽從阮老師的話，我沮喪的帶著天天回家了。

在這個多事的夜晚，我實在是輾轉難眠，半睡半醒間又做了個夢，這次的夢不像剛才那麼奇怪，反而很真實。

我夢見安麒旁邊站著一個和他很像的小女孩，而安麒的父母大罵著我，說我害

死他。然後是學校的同學們，每個人都在哭，我突然來到了喪禮，安麒那燦爛的笑容被做成遺照對著我微笑。

我渾身是汗的驚醒，一隻小手緊緊抓住了我，黑暗中，我看見天天正憂心的看著我，大眼睛裡都是淚水。

「天天……」

「阿立……我做了夢，夢見安麒死掉了，嗚……」

「天天，沒事的……沒事了，我們改天去看他，好嗎？」

原來天天也擔心著，我安撫他入睡後，卻再也無法入睡，靜靜的迎接清晨的曙光。

安麒要動手術的消息很快就在學校傳了開來，傳播的速度差不多就和「蝗蟲過境」一樣快。

我恢復了原本上學的日常作息，卻不敢去醫院，現在醫院裡都是排班探望安麒的學生們，而益哥和阿召則從城市中消失了。

聽說是嚴肅大叔靠著人脈向警方施壓，讓他們束手無策只能躲起來避風頭。原來益哥只是幫派裡的小弟，為了討好老大才耍這種小手段，我對他的男子漢幻想再次破滅。

阮老師和純純小姐兩人大方的以個人名義借我一筆不限期歸還的費用，讓我不用再擔憂生活費和醫藥費，問題這麼簡單就解決了，只要拉下面子去求援。

真的是早知如此，何必當初呢！

「喂！阿立！你打算什麼時候去看安麒？」阮老師對一下課就賴在資源班，不敢面對同學眼光的我問道：「他現在可以會客了喔！」

「不要啦！我去了只會害他更難受，而且他爸媽不准我接近他……」

「這是個意外，你不需要接受那些無理的要求，而且你去看安麒，更能鼓勵他啊！」

「反正有很多人都去看他了，不差我啦！」

「你知道他要進行和過世妹妹一樣的大手術嗎？」阮老師毫不放棄的勸著我。

我假裝沒有聽到，晃到天天身邊去幫他倒水，他正在摺一個畫著彩色翅膀的天

使，但我端著水杯的手卻出賣了自己，顫抖的打翻了水，潑濕了天天的圖畫紙，色彩渲染了開來。

我回想起……安麒曾說過那是個複雜的手術，他的妹妹因為手術失敗，所以早早去當天使了。

「阿立！」天天生氣的抗議著：「這是要給安麒的！」用紙做的天使翅膀被水潑濕，反而讓翅膀彷彿變成了真正的羽毛，有種毛茸茸的觸感。

「是天使啊！我們今天要帶天使去看安麒。」天天理所當然的說著。

聽到天天擅自安排了行程，我只能露出苦笑。

「天天真體貼。」阮老師還在旁邊搧風點火。

「這個手術一定讓安麒很不安喔……不知道有沒有人可以幫他打氣呢……」

我不是不想去探望，只是很害怕見到安麒，如果他生我的氣怎麼辦？畢竟他那美艷老媽說的是事實。

如果不是因為我，他也不會發病，還差點……但天天用堅持的眼神看著我，我

只好默默點頭答應。

其實這幾天走在學校的走廊上，有好多雙責備的眼神盯著我，怨念之強。就像夢中的場景般……現在也是，好不容易偷偷離開學校到了醫院，卻又在大門前被班上女生叫住。

「喂！阿立！都是因為你帶著安麒到處亂跑，才會發生這種事！你是來道歉的嗎？」

妳們才是咧！莫名其妙擋在門口，自以為是警衛嗎？我在心裡偷偷抗議著。

「都是因為你！安麒可能會沒命啊！」

我知道啦！不用一再提醒我了，要不要我在額頭上刺個「千古罪人」，妳們就開心了？

「你還來醫院做什麼啊？」

唉！當然是來探病啊……所有人都在為安麒心跳停止的事怪我，還好有天天在身邊，他用小手緊抓著我，帶領我快速的通過那些視線，彷彿這些謾罵攻擊根本不痛不癢。

天天神奇的地方就是他從來不在乎別人眼光。

我們穿越人群，終於來到安麒的病房門口。

天天敲了敲門後，就自行推門而入，我趕緊乖乖跟上。終於……見到安麒了。

安麒面無血色的躺在病床上，這是出事之後，我第一次看到他，蒼白的臉毫無血色。

我注意到病床旁，以班花為首的三、四個女生正在畫海報。沙發區有個穿著西裝的大叔「劈哩啪啦」打著電腦，我們一踏進病房就吸引了所有人的目光。

「阿立！」班花甄美指著我尖叫。

「你怎麼還有臉來，出去！」其他女生也大聲的指責我。

我無奈，透過女性軍團瞥見躺在床上的安麒，看到他一臉訝異，我突然覺得又窘又糗，想帶著天天趕快離開，天天卻掙脫我的手，逕自推開女性軍團，當著所有人遞出了他一直拿在手上的天使摺紙。

「安麒！這個送你。」

天天指著天使說：「是『光之天使』喔！她會保護你！」

我心驚膽顫看著這和諧的一幕，擔心我們要被轟出去了，但安麒卻露出眼熟的眩目笑容。

「各位同學……謝謝大家來看我，我想休息了，只要阿立陪我就好了……」聽到這些話，那些女生毫不掩飾的送了我一個大白眼。

「妳們想吃什麼都可以和詹先生說。」

安麒指著穿西裝的大叔，大叔有默契的收到指示後，將那些洩氣的女生都帶了出去，原本擠滿人的豪華單人病房，現在只剩下我們三個人，安靜的氣氛顯得有些「尷尬」，直到天天隨興拿起放在小茶几上的餅乾，喀嚓喀嚓的吃了起來，才打破寧靜。

「喂！笨蛋王子……」我不安的跺著腳問：「你還好嗎？」

「笨蛋是多餘的啦！」

「欸……那個……你……生我的氣嗎？」

「咦？」

「那個……因為我害你要開刀什麼的，如果你不是為了要幫我……你也不用這

樣……」我斷斷續續的說完，慚愧的低著頭，等著被責備。

「那個啊！」

安麒一派輕鬆的說：「反正注定要開刀就是要開刀，這也只是一個契機而已，我在意的是……」

安麒沉默了片刻，雖然故作輕鬆的樣子，但果然還是會怪我吧！

「計畫完全停擺了……」過了一會兒，安麒才唏嘘的說。

「什麼？」

「天使計畫啊！」

沒想到安麒果然是笨蛋，都快沒命了還在擔心那種計畫。

「你只要拜託那些女生，她們一定歡天喜地的幫你募款加排班吧？」

「這樣就失去主動的意義了，那等我病好了……或者……我也變成天使了……她們還會持續嗎？」

安麒摸著天天送的暈染天使輕聲說：「我果然很沒有用，天使計畫……已經完全失敗了……」

聽到他這種喪氣話，一點都不讓人高興：「別這樣說啦！我和天天就是成功的例子啊！」

「下個月……」安麒冷靜的說：「我就要進行心導管的手術了，成功的機率只有百分之五。」

他看著窗外的天空，寂寞的說：「手術無所謂了，但計畫就會失敗了……我還誇口說要讓變成天使的妹妹開心，我太天真了……」安麒自顧自的說著，沮喪模樣一點都不像平時冷靜的他。

天天也許聽不懂，卻體貼的抱著安麒，我無言的站在一旁，感到不知所措。離開安麒的豪華單人病房，我坐在醫院走廊上，自己這麼內疚又擔心，結果對方完全不在乎，卻只聊著他無法實現的計畫。

「老師，安麒實在太自私了，竟然說無所謂。」

我把因為計畫失敗，安麒自怨自艾的話都轉述給阮老師聽。畢竟實在太讓人鬱悶了，得要拉個人來分擔這份失落。

「而且說什麼他自己多天真之類的……還堅持不求人，明明自己一直在幫人，

為什麼不接受別人的幫助啊！只要他要求，全校……不！整個城市的歐巴桑都會幫他吧！畢竟他是師奶……不！是女性殺手！」

「這樣啊……既然條件是『主動』」阮老師認真的說：「那阿立！要不要試試這個？」

她不知從哪邊變出了「天使」捐款箱。

「這是……那個……」

「就是那個。」

「這個又怎樣？」

「你『主動』來接手安麒的計畫，如何？」

「我？」我連忙搖頭說：「我不可能啦！安麒負責的時候，大家都不怎麼給面子了，現在由我接手，只會引起公憤吧！而且……」

「而且什麼？」

「而且我差點害死他……」我想起急診室中忙亂的狀態，憤怒的安麒爸媽，還有學校同學們責備的臉。

「所以才要由你來做啊！」

「不要啦！一點意義都沒有。」

「你試試看嘛！」

「天天也要試！」天天突然接過「天使捐款箱」認真研究起來。

「好！那就算天天一份！」阮老師高興的說。

「天天……」

我無奈的看著兩人：「拜託，別鬧了啦……」

就這樣，我拿著「天使捐款箱」站在安麒經常站的校門口，接替了他的工作。

老實說，如果有地洞，我絕對會鑽進去，或者乾脆帶個面罩！做這些事真的可以幫安麒打氣嗎？雖然質疑阮老師的想法，但想到安麒洩氣的表情，我還是乖乖照做了。

唉！同樣的事不同人做，效果真的差很多，我明明記得安麒在這募款時，可是有一群又一群的女生包圍著他呢！而我呢！除了「怒視」和「輕蔑」的目光，回應我就只剩校狗小黃了。

「喂！阿立！」我忍受同學們嫌惡的目光，呆站了一個多小時。「阿龐」是唯一向我答腔的人。

「你臉這麼臭！沒有人會過來啦！」

「我臉很臭嗎？」

「拜託！你一副別人欠你錢的樣子。」阿龐自以為關心的說：「你幹嘛突然接手安麒的事啊？安麒不是打算放棄了？」

「你怎麼會知道？」

「大家都有去醫院看他啊！而且安麒當募款代言人很受大家歡迎，可是你做就不一樣，只會更惹人厭吧！」

阿龐和我也太有默契了吧！一語道中我內心的糾結。

「反正你不要管，就讓我自生自滅吧！」我沮喪的表示。

「是喔！那就祝你好運啦！掰！」阿龐毫不留情的扔下我離開了，竟然連一塊錢都沒捐，可惡！

我傻傻的在校門口站到第一節上課，收穫是警衛伯伯和老師給我的幾百塊。

所有幕到的款項，都要在放學後依照阮老師提供的排班計畫，到自助餐店買便當送去給獨居老人，有時候入不敷出，阮老師就會自掏腰包。

阮老師說，以前沒有募到足夠捐款時，安麒都會拿自己的零用錢補貼，難怪前陣子班上的康樂活動他都委婉拒絕，原來是把零用錢都花在「天使計畫」上了。

阮老師還把安麒的筆記給我，上面記載了所有計畫目標的詳細資料。

他真是「光之天使」的狂熱者，一個國二男生竟然可以毫不羞恥用著少女動漫的筆記本，我對安麒又多了一點微妙的敬佩。

安麒的筆記做得很仔細，不愧是全校第一名的資優生，我只要按照筆記行動就事半功倍了。

張奶奶愛吃魚、尤伯伯不吃牛肉、史阿嬤必須多攝取膠質、林伯伯一星期要寫封信給大陸的家人……這些專業筆記可說是獨居老人們的專用管家了吧？那傢伙竟然有辦法一個人全部完成，他到底多有熱衷啊？

我接替安麒的工作，想盡辦法配合計畫行事，很意外的，天天並不討厭這樣的

生活，每天晚上跟著我跑來跑去，而我也試著在安麒的筆記本裡填寫些新資料。

張奶奶除了愛吃魚，還很愛碎念她過世的獨生子；尤伯伯放不下土地被強制徵收的怨念，必須避開這個話題；史阿嬤每天早上五點起床做早操，所以才特別注重膠質的攝取；林伯伯的大陸親人只剩下九十歲的大哥還認得他了，他已經放棄回鄉的念頭……這些老人都各有故事，嘗盡人生的酸甜苦辣，也有一套應對生活的方式與偏見。

和他們相處後，我突然覺得阿嬤其實還年輕，而我們至少還能住在一起，互相扶持，這些獨居老人只剩自己了。

最後，既然要全部接手，當然還有我一直不想面對的伴讀計畫。

我鼓起勇氣，再次攔住了融融媽媽，用慎重的語氣向她道歉，並希望能獲得她的諒解，讓融融再度參加伴讀課程。

「所以……你之前說安麒是為了名聲才開始伴讀課程的事，都是騙我的？」

是我的錯覺嗎？融融媽媽好像用充滿鄙視的眼神看著我？

「欸……不算是騙啦！」我試圖含糊的解釋。

「欸……那時候我是這樣以為……後來才知道，他真的是有心要做啦……」

「可是安麒現在住院了，伴讀課程由誰來帶呢？阮老師嗎？」安麒不愧是校園王子，連平日毫不相干的家長都知道他近況啊！

「我啊！」我拍拍胸脯，展現我的男子氣概：「我帶！」

「喔……」融融媽媽突然用我從沒見過的速度，一把抱起融融飛奔而去……留下我和天天在資源班門口，孤單的吹著晚風。

失去了融融媽媽的支持，伴讀課程依舊只有天天一名學生，我還是會固定帶他去社區活動中心，不知道這樣算不算是計畫成功？

「阿立！」

現在又是誰啊？在本大爺失意的時候亂叫，被融融媽媽無言的拒絕後，我抱著募款箱準備到大門口「罰站」，我不耐煩的轉身。

「班花啊！做什麼？」

「你還在做『天使計畫』啊？」

「廢話！看不就知道了？」突然被以班花為首的女生們叫住，我盡量和她們保

持距離，害怕她們會像先前一樣用眼神和唇槍攻擊我。那幾個女生竟然沒有因為我出言不遜而惱怒，只是互看了一眼，就轉身離開了。

看著她們的背影，我著實鬆了一口氣，等等要送便當去給張奶奶，晚上還要跟阮老師學習新的伴讀技巧，雖然學生只有天天，但也許之後會有勇敢的家長願意加入，總是有備無患囉！

現在募款的情況好點了，除了老師和警衛，有些學生也展現了同胞愛，願意掏腰包捐款。最令我開心的是舞蹈班女神也有捐款耶！我差點想從箱裡掏出她捐獻的錢占為己有，當成我與她相識的重要紀念品！嗯……反正現在不管發生什麼事，都沒有那時在急診室連接著安麒心跳的心電圖發出刺耳又持續的「嗶嗶聲」能讓我感到害怕了。如果阿嬤或是天天也這樣來一下，那我可能還是會直接的昏倒吧！

結束例行募款，我故作瀟灑的牽著天天走出校園，過了這些天，我比較能適應他人的目光了，畢竟眼神殺不死人嘛！

「阿立！你笑的好噁心！」

「嗯！因為想到好事啊！」

「什麼好事？」

「嗯……很多囉！你很平安啊！有募到捐款啊……」

「可是阿嬤和安麒都還在醫院，我開心不起來。」

「沒關係，天天會越來越好的，放心吧……」

雖然嘴上安慰著天天，但其實情況是否會好轉，我一點自信也沒有。不過自從瞞著安麒接手天使計畫後，我就沒有再被惡夢驚醒了，如果安麒的手術能因為計畫順利而成功，那該有多好，當然……世界上不可能有這麼好的事，只是我在幻想罷了……

09 全體總動員

安麒住院已經兩個星期了，雖然我每天提早到校募款、按照安麒的天使筆記關懷獨居老人、即使只有天天一人，還是乖乖到活動中心報到，努力向阮老師學代課技巧，但「天使計畫」的進度就像安麒住院前一樣，依然毫無進展。

「唉！天天，怎麼辦呢？」我垂頭喪氣的送天天到教室。

「嗯，怎麼辦呢？」天天用沒有起伏的音調重複著，說真的……一點幫助都沒有。

「不可以讓同學幫你寫作業喔！」我提醒天天。

「那可以讓她們幫我抄嗎？」

「也不可以……」我無奈的提醒他。

像往常一樣，一大早我先送天天到教室後，準備回教室拿募款箱時，才經過校門口，就覺得有個人似曾相識，很像過去幾天的我，站在相同的位置上，露出相同靦腆又尷尬的微笑。

有人也在辦捐款計畫嗎？我狐疑的看著那個人，心想待會兒要把那傢伙佔走的好位置搶回來，募款計畫好不容易有了一點進展，我可不會將位置白白拱手讓人。

不過，如果對方向我租，倒是可以考慮。那我就輕鬆啦！我加快腳步來到教室，想拿了募款箱火速奪回好位置，或者……談談租位條件。才剛踏進教室，就發覺平時放在置物櫃上的箱子不見了！可惡！這就是所謂的「樂極生悲」嗎？難道我因為有募到一些款項而得意，所以受到老天爺懲罰了嗎？

「喂！有沒有人看到我放在這邊的箱子？」我著急詢問已經到教室的同學，但他們卻用奇怪的眼神看著我。

「就是那個……上面畫著天使，寫著『天使計畫』感謝贊助的紙箱啊！我都放在櫃子上的。」

「阿立！」

阿龐一臉哀戚的走向我：「我跟你說，但你要答應我，保持冷靜！」阿龐的反應讓我一點都無法冷靜，只是一個破箱子，到底是誰亂動東西啊！

「其實……那個箱子呢！」阿龐眼神閃爍：「那個箱子呢……」

「到底是怎樣啦？」

「唉唷！這樣很不好意思耶！我直接帶你去看好了！」阿龐說著，就拉著我走

出教室，來到了校門口。

「那箱子就在那裡！」阿龐指著早上我所看到的那名男同學手上，我這才發現那個男生拿的不就是「天使計畫」箱子嗎？

「怎麼會？你們有什麼活動嗎？」我不悅的捉著阿龐領子質問：「你們要辦活動，缺箱子就自己想辦法啊！幹嘛說都不說，就把別人的箱子拿去用啊！」

「哇！你誤會了啦！」阿龐緊張的解釋著：「你再看仔細一點！」

我順著阿龐的視線看過去，對啊！那是我的箱子沒錯啊！沒有看錯！

「就是你們亂拿別人的箱子去用啊！還有什麼好說的！」我向那個男生走去，準備上前討回箱子，我現在認出他來了，他是隔壁班的「三立」，因為明白表示喜歡我們班的班花「甄美」而出名。

「阿立！」

說人人到！班花不知從哪裡竄了出來，雙手插腰站在我和三立中間，擋住了我興師問罪的路。

「又怎樣啦？」我不爽的問：「該不會是你慫恿三立偷箱子的吧？把募款箱還

來，那是天使計畫的箱子！」

「你瞎啦？我們不就是在為天使計畫募款嗎？」

「咦？」我聽錯了嗎？「你們在為……」

「你還不懂嗎？真是有夠笨的！」班花毫不留情的罵著我。

「除了參加天使計畫，我們怎麼會拿計畫的募款箱做其它事？」

「可是……可是……」我啞口無言的看著班花。

「可是我們為什麼要幫『天使計畫』募款，是不是？」

「阿龐，把那個拿來！」不愧是班花兼風紀，人長得漂亮就是有好處，有足夠的氣勢可以使喚班上男生，不過區區班花還比不上我心目中的舞蹈班女神！只見阿龐畢恭畢敬的遞給我一張紙。

「喂！這個是……」那竟然是填滿姓名的排班表，也就是計畫最初，安麒貼在班上佈告欄的那張排班表。

「對，就是安麒製作的排班表。」

「可是……為什麼突然……」

「因為你實在太笨了，每天都陰沉的站在校門口，只會嚇壞同學而已，一點幫助都沒有！」

「哼！少看不起人了，我可是獲得了舞蹈班女神的親手贊助耶！」我不甘示弱的回嗆。

「喔喔！真的嗎？可惡！阿立！我好羨慕你！」阿龐聞言，心生忌妒並掐著我的脖子洩恨。

「你們男生真幼稚！」班花不改強勢的態度接著說：「反正如果安麒的天使計畫因為你而失敗，那你要怎麼負起責任來？」

「說的真好聽，那之前怎麼不直接幫安麒？」我甩開阿龐，不屑的反嗆回去。

不知這句話戳到了班花的哪個痛處，她突然怒視了我，以迅雷不及掩耳之速度攻擊我的小腿脛骨，也就是被踢到會很痛的地方……我痛得直跳腳，只能眼睜睜看著她逞兇後「揚長而去」。

「喂！阿立！你少說兩句啦！」阿龐突然壓低音量，附在我耳邊輕聲說：「其實啊！班上女生看你每天站在那邊，晚上還要送便當給獨居老人，只有一個人實在

很辛苦，所以就和純純小姐商量，請她協助全班都加入計畫，而且是她們說服了班上男生也加入的耶！」

「所以我才問，為什麼一開始不直接幫安麒啊？」我泛著淚光，無辜的揉著小腿說：「該不會……班花喜歡上我了？」

「欸！你想得美，絕對不可能！」阿龐毫不留情搓破我的幻想。

「其實我們也覺得抱歉，一開始不把『天使計畫』當一回事，尤其是那些半途而廢的女生，大家都覺得對安麒有虧欠，讓你們孤軍奮戰了那麼久，而且你們倆出了意外，我們也是後來才知道的。但是，放心吧！兄弟，從現在開始，是男人就會挺你到底！」

這個阿龐可真會「見風轉舵」，明明安麒募款時，也不見他來關心，但識時務者為俊傑，我還是用充滿感激的眼神看著他，雖然我強烈的懷疑，他該不會也是想拿到舞蹈班女神的親手捐款，才一副「慷慨激昂」的樣子吧？

阿龐說：「喂！我姐是三年級的，她和她同學也想要參加排班，可以吧？」

「我……我不知道耶……」

「你真呆耶！有人要幫忙，當然要說好啊！」

竟然說我呆……

「那你可以幫忙問問看，她們對伴讀計畫有沒有興趣啊？」我想起阮老師曾說過，希望伴讀計畫能有新夥伴加入的事。

「好啊！我幫你問！」

校門口的騷動吸引了我們注意，三立身邊不知何時多了一群女生，是經常圍繞在安麒身邊的別班女生，因為我都不認識，就姑且叫她們「粉絲團」好了。

她們似乎正在逼問三立募款箱換人的原因，我好心前去幫三立解圍。

「喂！募款箱換人了關你們什麼事啊？」

看見我出面，三立露出鬆了一口氣的表情，那幾個女生將注意力轉向我，其中一個驚訝的指著我。

「你就是那個……」

難道我也出名了？我的男子氣概終於被注意到了嗎？

「欸！那個……那個誰……啊！是安麒王子的跟班！」

唉！原來在旁人的眼中，我是安麒的跟班啊……

「那你們咧？」我惱羞成怒的問：「你們還不是因為安麒有錢又長得好看，所以才接近他的？從來沒關心過天使計畫，現在換人了關你們什麼事？」

「欸？」粉絲甲說：「你少看不起人了！安麒王子長得帥是事實，人又親切，可是最重要的是，他連心地都像天使般純潔！」

「所以我們才想要問，我們也可以參加天使計畫嗎？」

「對啊！我們以為只有安麒王子和他的好友才可以參加，原來只要想參加就可以參加啊！」

眾粉絲你一言我一語的，我雖然不知道發生了什麼事，但似乎天使計畫逐漸獲得迴響，粉絲團踴躍的拜訪獨居老人，而伴讀課程則有阿龐的姐姐和同學幫忙，阮老師直誇她們比男生機靈又體貼，真是個勢利的胖狐狸女，也不想想在這之前，都是安麒獨自硬撐著計畫啊！

那天，我向阮老師取得同意後，抱著忐忑的心情去向安麒報告天使計畫後續發

展，雖然計畫順利，但真的能讓他安心養病，有決心接受手術嗎？我回想起上次他沮喪的模樣，就覺得心情沉重。

「喂！笨蛋安麒！」

我不安的踏入病房，詹先生依舊沉默的坐在沙發區打電腦，而安麒看起來沒什麼精神。

「笨蛋安麒！」

「笨蛋是多餘的！天天你不要跟著學啊！」

「是喔！」我決定不廢話，直接從書包拿出填滿的排班表給他。

安麒接過班表，不可置信的瞪大了眼。

「怎麼會……什麼時候……」

「這樣，你妹妹就可以成為快樂的天使了吧？」

「可是，這些都是大家主動報名的嗎？」安麒不可置信的問道。

「對啊！」

看安麒似乎很感動，我總算放心許多，像平常一樣耍起嘴皮子來：「這都要感

謝本大爺的功勞，因為我接替你的工作，結果班上女生看我太帥，都愛上了我，就決定主動幫忙啦！」

「不是因為她們擔心你搞砸，所以才幫忙的嗎？」安麒一語道破真相，真是一點面子都不給我。

「欸！反正計畫成功了。」我苦笑道：「不管是什麼理由，你所期待的主動參與都實現啦！我可沒有拜託他們喔！所以不要再說什麼無謂的話了，安心動手術去吧……」難得我竟然可以向別人說教，當然要好好把握機會。

「如果抱著消極的心態，手術的成功機率會更低吧！」

我趁機一吐心中的怨氣，清掃連日來的挫折與擔憂。

「再也不要說的好像只有你一個人了，我們一直都互相幫忙著，不是嗎？」我說著連自己都覺得臉紅的話，但現在不說，更待何時？

「阿立……」安麒一臉訝異，「你承認我們是拍檔了嗎？」

竟然還在想這個……

「啊……承認啦！承認啦！我們是最佳拍檔，所以你一定要讓手術成功啊！」

「這不是我能決定的……」安麒又回到無精打采的模樣。

「啊！我不是一定要你做什麼啦……只是要你打起精神來就好了！我趕緊要他放心。

「安麒……計畫成功，手術也成功！」天天上前握住安麒的手，用自己的方式為他打氣。

「天天……」安麒似乎很感動也反握住天天的手。

「我……我想……」

「你想怎樣？」

「我想謝謝你……阿立，我會加油的，手術……」安麒緊抱著排班表，哽咽的吐出這幾句話，我有種一切都值得了，那些罰站都有回報了的感覺。

「竟然全班都參加了，看來大家都很同情你呢！」一恢復精神安麒馬上就恢復原本毒舌的態度，緊盯著班表評論道。

「你說什麼！」我揪著他的衣領，想為自己辯解，房門突然被大力推了開來，阮老師快步的衝了進來。

「有重要消息要告訴你們！」胖狐狸女也不管我們正在爭辯，劈頭就說。

「你們關懷冏家庭，幫助冏小孩的事蹟，已經傳遍了全市了！」

「我們只是幫獨居老人和資源班學生，哪來的冏小孩啊？」

胖狐狸女指著我：「你就是冏小孩啊！」

這樣說來，我好像有點印象了，記得安麒曾說過，要以冏家庭的小孩為優先幫助對象，也因為他把我列為對象，讓我氣了好一陣子，還欺騙了融融媽媽破壞計畫咧！結果騙的太成功了，融融媽媽到現在都還不信任我。

「所以呢！市長決定頒獎給你和安麒！」

咦？頒獎？

「因為安麒的狀況，所以頒獎地點就選在這個病房。」

「等……等一下！」我驚慌的大叫。

「頒獎？市長？到底在說什麼啊？」安麒也困惑的問道。

「所以我剛才說了，你們推動的天使計畫，帶動了社區互助的風氣，也讓學生能有社會學習的經驗，所以市長決定頒發獎狀表揚你們，地點就在這個病房。」

「喔喔！」

「酷斃了！市長耶！」

我和安麒這才聽懂阮老師的話，接著放聲大笑，天天不明白阮老師說的話，但可能也感受到我們很開心的氣氛，所以也跟著在旁亂跑亂叫，歡呼的聲響甚至驚動了護士前來關心，這才制止了我們過度的歡樂。

雖然被趕出了病房，但已經足夠了，我們很確定安麒將帶著前所未有的眾多祝福進行手術，絕對不會孤軍奮戰！

10 糾纏不休的惡混

頒獎當天，安麒的豪華病房湧進了許多記者，還好醫院有管制，不然病房可能會被人群擠爆。

我們當之無愧的接受了各界讚賞，安麒的父母也對我投以包容的眼神，希望不是我會錯意就是了。

熱鬧的領獎一眨眼就結束了。隔天，我牽著天天走在回家的路上，明明街道景色依舊，但我卻莫名的充滿自信，腳步不可思議的輕盈。

我從來沒有上過報紙，更沒有被那麼多人包圍和恭喜過，而天天更是除了安麒以外，第二個備受矚目的重要人物，受歡迎的程度，只比「光之天使」遜色一點。他獲得整組「光之天使」的彩繪鉛筆，這個貼心的禮物讓天天笑得樂不可支，我們唯一的遺憾，就是阿嬤還沒從昏迷中清醒過來。

「阿立！」

防火巷裡傳來熟悉的聲音，我探頭一看，陰影中走出了兩個再熟悉不過的人，我過去的偶像和死對頭「益哥」與「阿召」。

益哥手上拿著刊登了我們領獎的報導，報紙上的照片清楚照出了擠滿學生和各

方人士的病房。我拉著天天的手和安麒一起從市長手裡接下獎狀。報紙的標題寫著「連鎖餐廳少爺默默行善」。

老實說，為了那天要穿什麼衣服，我還小小苦惱了一下，最後聽從阮老師的建議，和天天穿上制服，表現的「中規中矩」。

「益哥……」

我回想起和益哥最後一次見面時，他正憤怒的在老舊公寓裡抵抗蟑螂軍團，而阿召則是報復不成落荒而逃。

「你……你們最近還好嗎？」我結巴的問道。

還以為他們受到安麒老爸的影響，不會再出現這個城市了。

「你說呢！嗯？」

益哥靠近我，並用報紙敲著我的臉，威脅的意圖非常明顯。

「老子我一看到你這小鬼風光的照片，馬上就飛回來看你了，有沒有很夠兄弟啊？」

「益……益哥，你不用這麼勞駕啦！打個電話就可以了……」

「打電話怎麼顯得出誠意？」阿召皮笑肉不笑的說：「上次你把我們的計畫搞砸了，這次當然要親自來給你打個招呼啊！」

「如果你還當我是大哥，有個讓你將功贖罪的機會。」益哥拿出一大包用牛皮紙袋裝著的「貨」。

我斜眼瞪著那包牛皮紙袋，早在益哥抓住天天威脅我並讓天天害怕受苦後，我就已經不把眼前落魄的中年男子當大哥看了。

我心中男子漢形象是更加有肩膀和能力可以保護重要的人！

「要……要送貨嗎？」但我沒有勇氣反駁只是懦弱的問。

「不止！你得要把這些貨賣掉。」阿召殘酷的說。

「我能賣給誰啊？」我聞言無助的哀號著。

「笨蛋！不會動動腦筋啊！你們學校學生或其他學校的都可以啊！」阿召在旁邊慫恿著。

「只要是學生都是我們的潛在客源！」

「可是……這些貨到底是什麼啊？」我在意的問。

「你真的很笨耶！竟然送了那麼久的貨還不知道貨是什麼。」益哥無奈的說。

「小朋友！讓我來跟你介紹！這就是現在火紅兩岸三地的『I他命』又稱『愛他命』只要一顆就可以讓你爽上天喔！」

「而且這次和送貨不一樣，如果你都賣完了我讓你抽成。」

「這……」

「你很需要錢吧？」阿召奸詐的說：「你阿嬤的住院費用、弟弟的復健費和教育費……」

「我……我有……申請補助……」我試圖反抗的說。

「靠那一點點補助能給你家人最好的嗎？」

「我早就覺得你有潛力了，你不要再搞什麼公益了啦！好好投靠益哥我，包你吃香喝辣！」

「而且你和那個皇宮小開那麼熟你把他拉進來！」

「要……要怎麼拉他啊？」

「那還不簡單！你把這個貨給他吃，等他上癮了自然就會和你合作啦！」益哥

和阿召兩人奸笑著說道。

「我們再也聽不下去啦！」一個情緒高亢的女生突然出現，是粉絲團經常帶頭發言的那位。

「這位大叔！你說的話都被我們錄下來了！」

「你們竟然意圖傷害安麒王子，我們通通都是證人！」

粉絲團接二連三跳了出來，益哥和阿召眼見突然冒出這麼多國中女生，他們嚇得想從巷子另一頭落跑，沒想到那也出現了眾多學生堵住出路。

是班花和我的同學們。

「我們已經通報警方了，你們想逃是不可能的。」班花帥氣的說。

「可惡！」益哥轉身向我衝來，嚇得我抱著天天直往後退，但他還沒到我們面前就被四處八方飛來的球打得「抱頭亂竄」。

這真是壯觀的奇景，我抱著天天躲在角落，狹小的防火巷內被數百顆網球、棒球、籃球和排球占滿。巷口的學生奮力朝巷內扔球彷彿這是校內球技大賽。當警方到達時益哥和阿召已經被打得滿頭包，落魄的倒在球堆中。

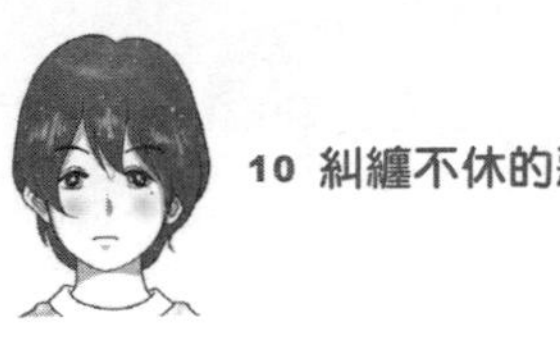

當然啦！我們又上了地方新聞標題寫著「勇敢國中生智擒毒犯」。事後回想起來，能如此順利又平安處理好與益哥的糾葛，全都要歸功於阮老師的先見之明。

那天，頒獎結束後所有人都開心的慶祝著「天使計畫」成功，而阮老師卻突然找我聊起益哥的事來。

「阿立！之前一直沒跟你確定……」阮老師欲言又止難道是得獎的我太帥了不好意思正視我嗎？

「安麒病發那天……你為了籌錢正在幫益哥做事對吧？」

「嗯！」我困惑的看著阮老師。

事前我都說過了吧？

「那之前呢？我是問翹課的時候你都幫益哥做了什麼？」

糟糕，我一直避而不談送貨的事，想隨便矇混過去，沒想到阮老師不愧是胖狐狸轉世，竟然還記得這件事。

「欸……我在……就是在幫忙跑腿。」我試圖顧左右而言他。

胖狐狸女顯然不滿意這個答案，還是一言不語的盯著我看，我只好多解釋些。

「就是……送些簡單的東西，給訂貨的人……」

我努力迴避著阮老師的目光。

「送了什麼？」

「就是……一些貨……」

「什麼貨？」

「嗯……那個……就是……」

「毒品嗎？」

好直接！阮老師突然說得那麼具體讓我想矇混都沒辦法！

「呃……我不確定，就是一些藥丸……」

「那就是毒品。」

我羞愧的低著頭，等待阮老師發落。

她會將我送到警察局嗎？她會從此看不起我嗎？我會被退學嗎？以後還會有人和我說話嗎？

在凝重的氣氛中阮老師沉默了許久，我困惑的抬頭查看才發現阮老師陷入了沉思卻沒有對我露出「輕蔑」或「刻責」的眼神，就是從這一刻起我發現男子氣概不是只有男人才有，像阮老師這樣「其貌不揚」又沒「異性緣」的胖狐狸女，原來也可以是個男子漢啊！

這一刻我決定以她為榜樣，來彌補我心中益哥形象破滅的打擊！

不過阮老師沒讓我敬佩太久，她馬上當了背叛者向純純小姐通報這件事。

純純小姐義正辭嚴的教訓了我一頓：「笨蛋！你缺錢可以求救啊！」

「你是說申請補助吧！之前就請過了，條件限制多而且還要排隊。我們的監護人還是賭鬼老爸耶！他有手有腳在法律上是個有工作能力賺錢養家的人，需要補助的人那麼多，哪輪到我啊……」我聳聳肩無可奈何的說道。

「那你還是可以跟老師說，我們一定會幫你想辦法啊！」

純純小姐露出被遺棄的可憐眼神看著我。

「你就這麼不信任老師嗎？」

「說信任什麼的……應該說，我已經不想再麻煩別人了。」我趕緊遞了張面紙

給她：「每次都要人幫，我要到民國幾年才還得了人情啊？而且……這樣有損我的男子氣概耶……」

「笨蛋！」阮老師面目猙獰的咆嘯著：「你一定以為世界上只有你最可憐而且沒有人幫得了你，所以一定要自己『自立自強』才行是吧？」

我呆若木雞的站著，胖狐狸女怎麼知道我心中的想法？

「人不能獨自生活，必須和別人互相幫助才能生活下去。還記得英國人寫的那首詩嗎？」

我默默點頭說：「沒有人是孤島，別問喪鐘為誰而敲，它是為你我而敲……」

「阿立！試著多信任別人一點，打開心胸接受別人的幫助吧！你不也一直不求回報，照顧著天天從中獲得了付出的快樂？」

我無言的點頭，照顧天天的確成了我生活重心，我是樂在其中的。

「可是……我照顧天天是應該的，他是我唯一的弟弟啊！」

「老師幫助你也是應該的，你是我的學生啊！」

「老師……」

「上次因為安麒爸爸的關係，益哥為了避風頭而消失了，但知道你不只沒事還能領獎，他一定會回來找你算帳。」

阮老師說：「我們要先想好應對辦法才行。」

我們沒有任何證據可請警方保護，於是阮老師讓我厚著臉皮，請求天使計畫的成員們協助。

為了得到大家的諒解，我一五一十的說出了前陣子翹課其實都在幫藥頭送貨的事，果然被罵的「狗血淋頭」。但大家罵完後卻一起想出了互相排班並暗中保護我和天天的主意。

當益哥出現後，我的工作是盡量拖延時間，讓他們多說一點犯罪證據，沒想到計畫這麼成功，隔天就逮到大小藥頭了。

順利逮到益哥後，因為曾協助送「貨」的關係，我被要求參加假日生活輔導，但我心懷感恩的接受了。畢竟我原以為會遭到退學或記過的處分。阿召則直接成為保護管束的對象，能不看到他的臉，即使是參加輔導我也覺得心情愉快。

事情解決後我牽著天天的手走在路上，深深感受到「沒有人是孤島」這句話的

真實感。

「天天！我們很幸福呢！」

「阿立！幸福是什麼？」

「嗯……大概就是，做錯事會被原諒還有很多人支持你吧……」

「我知道了！阿立每次都會原諒我尿床，我很幸福。」

「唉……我當然是希望你不要一直尿床啦……」我感慨的說：「不過你覺得幸福我就很開心了！」

11 借來的勇氣

炎夏終於快過完了，不會再讓學子們揮汗如雨。

我乖乖參加輔導的那段時間，阿嬤移除了呼吸器也轉到了普通病房，無法兼顧天天和阿嬤的我終於承認自己是「囧小孩」，並放下自以為是的自尊祈求天使計畫眾多成員的幫助。

當熱帶氣候被拖著長長的颱風尾所掃過，安麒的手術也即將到來。為了給安麒打氣，天使計畫的新成員除了每日排班，還做了一堆花俏的看板就只差沒在病房跳「啦啦隊」加油了。

雖然我覺得那些華而不實的舉止做作又多餘，但安麒似乎很吃這一套，明顯變得有活力了，沒有看板時還會露出失望的表情。

手術當天我們全班由純純小姐帶隊到醫院探望安麒，天天也讓我從阮老師那先帶了出來。

安麒的爸媽沒有出現，只有詹先生和看護陪著他。這麼重要的日子安麒身邊卻沒有家人陪伴，雖然不用面對那兩雙精明又兇悍的眼神，我暗自鬆了口氣，卻又有點感慨。

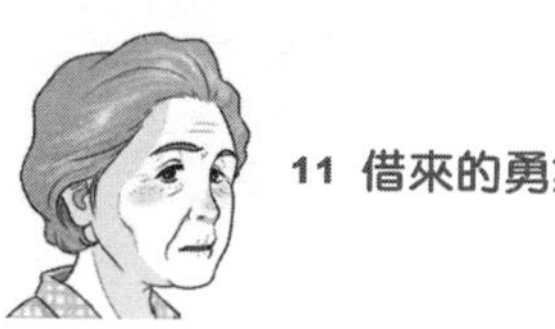

原來有錢並不一定能擁有幸福啊！我不再討厭有錢人，也有點了解為何安麒總是孤單一人，連天使計畫也是靠自己想盡辦法籌錢的理由了。

「喂！阿立……」安麒躺在病床上不客氣又虛弱的叫著我。

「怎樣？」

「謝謝你！如果不是因為你良心發現、挺身相助，天使計畫不會成功。」

「為什麼你的謝意，聽起來好像都要拐個彎損我啊……」不愧是安麒連開刀前都要發揮毒舌功力損人。

「反正等你病好了，靠你的魅力，不久一定也會成功啦……」

「說的也是……如果手術失敗了……」

「拜託你不要說些洩氣的話，很恐怖耶！」

「我是說如果嘛……」

雖然嘴巴上不說但安麒的不安直接傳了過來。

「如果失敗了，那現在就是我和你最後一次說話了。所以我一定要跟你說……你的舞蹈班女神……有跟我告白過，不過我拒絕了，我不喜歡胸部太大的女生！」

安麒很心平氣和的說道。

「欸——！」

我突然有股希望手術失敗的衝動。

「你最後想說的就是這個？」

前言撤回，我一點都不感慨安麒的家庭背景，應該說有他這種性格的孩子難怪父母不想關心他！舞蹈班女神為什麼會喜歡這種人啊？

「嗯！安麒一定會好起來，天使會保護你。」不理會我激動情緒，天天體貼拉著安麒的手說。

「天天！謝謝你！」安麒握住天天的手說道。

「阿立！如果之後不能再幫忙照顧天天……你和天天還是要過得幸福喔！」

「那是當然啦！有你在只會帶壞天天！」我一吐女神在心中幻滅的怨氣。

「而且……」

「而且？」

「而且你可是我的最佳拍檔呢！我們還要一起完成很多計畫和夢想！像你這樣

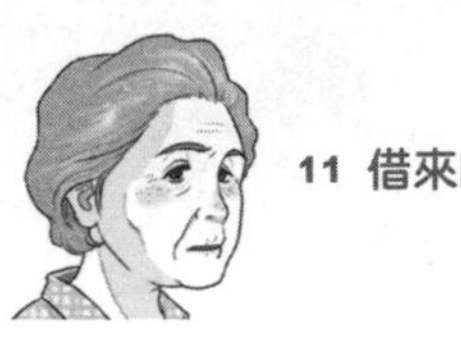

毒舌的王子，可說是前所未有，老天爺一定不會隨便讓你掛掉的！」連我都覺得噁心的話就這樣脫口而出，但安麒聽了卻露出陽光般的燦爛笑容，我突然覺得偶爾噁心一下應該沒關係吧！

看到安麒的微笑，一旁的女生馬上不顧場合尖叫起來，她們爭先恐後上前給安麒祝福，毫不留情的把我和天天擠到牆角，我就這樣墊著腳尖，努力目送我的摯友前往他人生中最重要一場戰役。而我相信，像他這樣臉皮厚到可以擋子彈的傢伙，一定會順利戰勝。

從人群的縫隙中看著安麒的側臉，不知為什麼我突然想起了老媽最後說的那句話，那句我一直想不起來在腦中無聲播放的話，卻因為安麒的微笑而活絡了起來，我突然聽清楚了。

媽媽努力微笑說出的最後一句話，那句話讓我眼眶濕潤了起來……都是安麒太噁心了，幹嘛露出微笑說話啊！不然我也不會這麼「多愁善感」！

安麒的手術將歷時八小時，大家回學校後，我帶著天天來到阿嬤病房，不知道

是不是錯覺？再踏進病房的瞬間，我突然覺得病房明亮了許多，好像真的有天使出現一樣。

那肯定是我在幻想，這世界是沒有天使的。

我們坐在阿嬤床邊，看著她彷佛熟睡的側臉，我不經困惑的問道：「唉……天天！阿嬤為什麼不想醒來啊？」

「因為你沒有親她。」

「噁……阿嬤是睡美人嗎？那等安麒病好了叫他來親，他才是王子。」我馬上將責任推得一乾二淨。

不過開玩笑歸開玩笑，我湊進阿嬤耳邊向她分享自己最新的體驗：「阿嬤！我不是說過一直想不起媽媽說的最後一句話嗎？」

當然啦！阿嬤毫無反應。

「我現在想起來了，那句話是……好好照顧天天，你們兩個都要幸福喔！」

「阿立會原諒天天，天天很幸福。」天天聽到他的名字趕緊答腔。

「嗯！天天！你可能不記得媽媽了。可是直到最後，她都掛念著你喔！」我摸

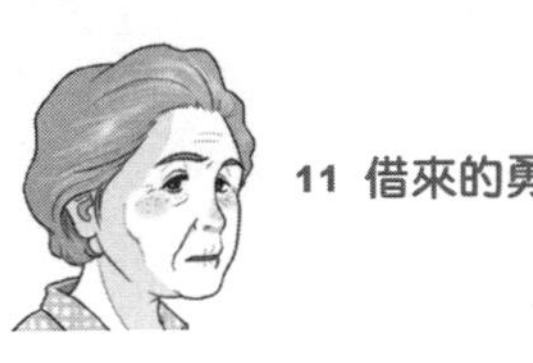

著天天的頭說。

即使只有一點點……我也希望天天能感受到母親的祝福。

「嗯！天天知道！」

「阿……立……」一個細微的聲音從床邊傳來，我不可置信的瞪大了眼睛，而天天則大聲尖叫著：「阿嬤！」

「天……天……」

奇蹟發生了！阿嬤張開眼睛困惑的看著我們！

「阿嬤——！」

就在同一天，我第二次感到熱淚盈眶，而這次卻完全無法控制。

我和天天兩人在阿嬤床前哭了好久，久到護理人員過來還必須花費功夫把我們兩人拉開，才能為阿嬤做檢查。

感動的片刻沒多久，一確定阿嬤除了營養不良和逐漸結痂的傷口外，健康的不得了，我們馬上被醫院安排出院，阿嬤出院那天，阮老師自願開車送我們回家。

在車上阮老師難得向我提到，久沒消息的賭鬼老爸。

「阿立！如果你爸又出現的話你可以和我連絡，半夜也行。」

「喔……」

我隨口敷衍著，但心裡想的是賭鬼老爸暫時不會出現吧！這次他把阿嬤打成重傷應該會躲一段時間，下次再看到他或許我都要國中畢業了。

回到家後目送阮老師開車離去，我率先踏進客廳，不禁懷疑胖狐狸女可能上輩子是神算。

難怪長得很像狐狸……我無奈看著躺在客廳翹著二郎腿睡大頭覺的賭鬼老爸。阿嬤傷口上的線都還沒拆他怎麼可能這麼快就回來？我緊張的手握拳頭，看著眼前熟睡的中年男子，腦中浮現最後一次見到他的情景。

在破舊門廊前有他倉皇失措的背影，而紅燈閃爍下則映照著阿嬤躺在鮮豔血泊中的畫面。我們破舊的小平房即使是白天也沒有陽光射入，明明外面陽光明媚，但室內卻黯淡無光。

我深吸了一口氣，轉身想拉著阿嬤和天天離開，連家門都不打算踏入。

「阿立啊！」

還好阿嬤並沒有看到賭鬼老爸不然一定吵著要回家。

「我們怎麼不回家呢？」

我嘆了一口氣，剛剛自己營造出來的緊張感都消失了。

「那個……阿嬤……我有事要先找老師商量啦！我們一起去一下就回來了。」

我連哄帶騙的說。

「是喔……有什麼事要先講清楚啦！不然阮老師也很忙的呢！」

「喔！」

我心裡盤算著，賭鬼老爸難得大剌剌的睡在客廳，恐怕是打算待上一陣子。

不知道是天氣太熱還是我太緊張，只覺得自己滿頭大汗、心跳加速，手臂上的瘀青早就散去了，可是我卻下意識抓著手臂害怕再次受到攻擊。

我將天天和阿嬤安置在活動中心，連絡了天使計畫成員幫忙看護，最後在緊急連絡上阮老師。

瞞著阿嬤我偷偷講出心裡的打算。

「老師……你可以幫我嗎？」

當我看到賭鬼老爸躺在眼前，我的雙腳不自覺顫抖著，全身的細胞都想要掉頭逃，我終於了解到，自己是多麼恐懼眼前的施暴者，而他施暴已經不是一、兩天的事了，這次還危及了阿嬤和我們的安全，只要老爸繼續把我們當提款機，哪天最沒有能力保護自己的天天，很可能也會被害死。

原來我不像自己想像中那麼勇敢、有男子氣概，我其實怕賭鬼老爸怕得要死。阮老師坐在沙發上靜靜的聽我訴說著，我沙啞聲音加上電風扇旋轉的機械聲，讓我回憶起那一段如老照片般泛黃的記憶……。

小時候我有段記憶，那是在媽媽生病前的印象……

我的家庭也曾經很美滿，爸爸有份普通工作，媽媽很健康一家五口和樂融融，天天也還沒有顯示不正常。放假時我們全家會一起出遊，爸爸帶我們去海水浴場，還將我和天天扛在肩膀上，一邊一個展現他可靠的模樣，那就是我未來榜樣。

我的年紀越大，那段記憶越模糊。每當看到賭鬼老爸喝得「醉醺醺」出現，我的記憶就會出現錯覺，他真的曾經在沙灘上陪我們一起玩樂嗎？又或者……那只是一場夢？

媽媽生病後許多醫藥費必須自費，爸爸一直到處借錢，借到後來沒有親戚要和我們來往了。有一天，討債的人上門爸爸就失蹤了，媽媽的病「每況愈下」，直到喪禮那天我們都沒有再見過他。

我們從原本住的公寓搬到破舊小平房，阿嬤開始撿拾荒做資源回收。某天，爸爸終於出現了，背了一身債也染上賭癮。我們逐漸習慣他伸手要錢和打我們的日子。我憎恨自己無力的同時，心裡卻有個小小的聲音，希望有天老爸能回心轉意，我們可以再次變回以前那樣，一家人和樂融融一起去那個沙灘，我會和老爸一起扛著天天，展現我已經成為獨立的男子漢模樣。

斷斷續續說完我想說的話，我偷覷著坐在沙發上的阮老師，她一臉認真看著我說：「阿立！你缺乏的是『勇氣』。」

「勇氣？」

「改變的勇氣。」

「改變什麼？」我困惑的歪著頭問。

「改變心態！」阮老師說：「你不能再一味的等待你爸回心轉意了。」

「老師……可是……可是……他是我爸啊！阿嬤也很希望他回家……」

「我沒有說不能等他回家，但目前情況已經威脅到你們的安全了，現在要積極點改變作法，讓你爸沒有機會再傷害你們，他也才有空間可以反省自己所做的事並選擇改變啊！」

「可是……我怕……如果變得更糟怎麼辦？如果阿嬤和天天都討厭我……」

「所以我才要借你勇氣啊！」阮老師說：「不管發生什麼事，我都會站在你這邊的。」

我猶豫一下並且看著阮老師，她露出令人安心的笑容。

「而且……再跟你說個祕密。」

阮老師神祕的笑著說：「勇氣借久了，就會變成你的了。而等到你能鼓起勇氣時，你就要把勇氣分享給跟你一樣沒有勇氣的人。」

我想了許久，久到阮老師又泡了一壺茶，我才吞吞吐吐的下定決心。

「老師……我也想要和老爸分享那個英國人說的，沒有人是孤島，喪鐘為你我而敲……他可以不用這麼自責。」

「你的心意一定可以傳達！」阮老師說：「你阿嬤就交給我吧！我會想辦法說服她的。」

我默默點頭。

在阮老師家的那個下午，我突然覺得肩膀很輕，以前總是緊繃著的肌肉逐漸鬆懈了下來。午後陽光閃爍，我以後也要搬到陽光充足的房子，為天天準備離太陽最近的房間。

現在我必須向阮老師借勇氣，但總有一天我一定可以自己產生勇氣的。啊！有件事忘了提，不過這件事不太重要，畢竟我才是主角，其他人都只是配角，所以最後順便交代一下好了。

那就是關於安麒的手術結果……

雖然我在手術前一時忘情，不小心脫口說出最佳拍檔這種噁心話，那實在是我個人一輩子的污點。又不是在拍電視劇，哪來那麼多生離死別、感人肺腑的對白？醫療技術日新月異的今天，六、七年前困難的手術現在都能克服了。所以啦！

手術雖然困難但也順利完成了。而且才沒幾天，安麒那傢伙就已經「活蹦亂跳」的想規劃「天使計畫」新階段了。

這樣有「韌性」的傢伙肯定不會因為小病就死掉，我可以很安心的斷言，他活到一百歲都不是問題！

一切放鬆後，我偶爾會情不自禁的幻想著，如果我主動安慰被拒絕的舞蹈班女神，她會覺得我是個「帥氣」的男子漢轉而迷上我嗎？

12「心」的方向

命運向我們展現仁慈的那天，天氣風和日麗。在前往法院路上我回想著短短半個學期發生的事情。

阿嬤受傷住院，天天陷入危機，和安麒成為好友，對益哥的男子氣概幻滅，知道阮老師不只是長得像狐狸的胖女，而是有預知能力的狐狸精。這麼多轉變沒想到我和天天都撐過來了，最後是向法院申請保護令。

那個陽光刺眼的午後，阮老師立刻實現承諾，說服阿嬤同意訴請法律途徑。我們終於了解到，對老爸這種情況若是「姑息養奸」，只會羈絆彼此成長的腳步。

在阮老師和社工姐姐的幫忙下，我們整理出驗傷報告，請街坊鄰居出庭作證，進展速度之快令我訝異！

開庭時除了社工姐姐、阮老師，以及剛出院的安麒陪著天天旁聽外，阿嬤不忍出席。而此案件的主角——賭鬼老爸一身邋遢，萎靡不振的站在被告席。在挑高的法院裡，我覺得自己和老爸都好渺小，我們的生命其實都很孤單脆弱，漂浮在社會這個巨大的洪流中，努力讓自己活得有意義一點。

裁定程序耗時曠日，賭鬼老爸努力為自己辯護，法官是個上了年紀的老人，認

為沒有特殊原因絕不拆散家庭，以龜毛保守出名，於是情況陷入膠著。

「沒有啦！我沒有打小孩只是輕輕推一下而已，哪有這麼嚴重？」

「那確實有可能是意外造成的誤會。還有其它證據嗎？」戴著老花眼鏡的法官問。

咦？三番兩次發生同樣的意外，這頻率也太高了吧！

「壞人說謊！壞人打哥哥和阿嬤！還搶錢！」天天高亢的聲音打破了僵局。

不愧是「異於常人」的小孩，大概也只有天天敢直接在法庭上嗆聲，他的聲音清楚環繞在民事法庭中。

「你這白痴！真是白生你了！」老爸臉上一陣紅一陣青的大聲怒吼著。

「剛剛那孩子說的壞人是誰？」老法官問。

「沒有啦！這小孩從小就燒壞了腦袋又沒有了媽媽，如果現在連爸爸都沒有陪在身邊，那孩子們很可憐耶……」爸爸回答

「壞人是爸爸，我不想再看到壞人。」天天不但沒有閉嘴，反而更犀利的說出他心中所想。

「你給我住嘴！」

天天口中的壞人突然衝出護欄，跑到天天身邊試圖抓住他的頭，此舉嚇壞了所有人，當然還包括那位保守的老法官。

保護令即刻生效，老爸也被迫參加「輔導講座」，結束了這場家庭鬧劇。

走出民事法庭，我看著爸爸被警察和社工帶離的背影。

「爸……」這是我懂事以來第一次開口叫他。

「你……好好保重，結束之後……有空回家吃飯。」我說。

他停下腳步。

「兒子竟然敢告老子……還吃什麼飯！你給我記住！」他威脅完頭也不回的走了。

聽到預料中的恐嚇，我沒有害怕，只是看著他孤單的背影漸行漸遠，那些令人驚恐的回憶，好像也隨著他遠去而逐漸從心中抹去，只剩下空氣中瀰漫著某種悲傷的情緒。

我不知道自己做的是對是錯，但我們的生活的確需要改善，這也是我最後一次看到他。

我落寞的走回法院大門口，看見安麒牽著天天的手在等我，天天一看到我，立刻小跑步跑上來，我趕緊接住飛奔而來的小身軀，感受到他柔軟的骨架。

我思考著，或許該給天天增加肌肉復健的課程？與他們一同離開法院，天天柔軟的小手讓我心裡充滿了踏實感，法院周邊的草坪也看起來格外鮮綠亮眼。

「男子漢救援計畫如何？」

安麒突然提起《天使計畫進化版》。

自從他出院後，只要逮到機會就提出來討論，我聽得耳朵都要長繭了。

「我們可是最佳拍檔耶！你會幫我對吧？」

他似乎認為，因為我所堅持的男子漢形象，讓我很難開口求援，才會發生「益哥」脅迫事件。而大部份需要幫助的人，或多或少都有這些迷思，認為問題必須自己解決才夠「酷」。

「副標題就用『想哭就到我懷裡哭』，如何？」

這是在開玩笑吧？

「唉……我覺得不是每個需要幫助的囧小孩，都想成為男子漢耶……還是用天使吧！而且你自己也不喜歡讓人幫你吧！這和男子漢沒有關係啦……而且說救援什麼的，我還是覺得互相幫助這個想法比較實在啦！」

當然，即使是進階計畫我們的對象依舊是以「囧小孩」為主。

「我覺得『天使互助社』不錯！」阮老師不知從哪冒出來，順勢加入了對話。

「阿立！你可以用你的經驗去鼓勵其他囧小孩自立自強，主動追求心靈成長，還記得我借給你的勇氣嗎？」

幹嘛現在提這個啊？羞死人了。

「欸……有點忘了……」我想隨便帶過但胖狐狸女卻熱心的繼續提醒。

「就是之前你來我家尋求協助，我借給你『改變』的勇氣啊！」

「喔！有！有！有！對！我想起來了！」我趕緊承認，就怕阮老師把我兒時經歷全都說出來。

「那你就要將勇氣借給其他人，幫助想要改變卻沒有勇氣改變，甚至不知道自己有能力改變的孩子們，幫助他們找到『心的方向』。」

12 「心」的方向

「新的方向？」

「『心』是心臟的心喔！人啊！只能依循自己心中所想的行動，如果聽腦袋行事，就好像是小孩帶著老人走路，最後的狀況就是跌一跤！」

「我……聽不懂……」

「就好像阿立！你不是一直都很討厭別人知道你的家庭狀況，也一直都想靠自己解決問題嗎？」

見我點頭，阮老師繼續說：「那種拒絕接受幫助的態度，就是腦袋在帶著你行動。」

「而阿立最後了解自己需要幫助，也真的主動求援了，就是心在行動了。」

「喂喂！你們不要把我當空氣，當著我的面就隨便聊起來好嗎？」

「嗯！不愧是安麒，馬上就了解了！」

「我聽不懂啦！」

「簡單說，就是你想做什麼就去做，不要害怕失敗或被看不起，那就是『心』所決定的方向啦！」

「天天懂，就是不要害怕，做就對了！」

「決定了，以後我們就叫『天使互助社』吧！你覺得如何？」

「欸？」

「讓所有被幫助過的人也去幫助別人，只要被幫助過就是我們的社員，也有義務去幫助其他人。」

「那像張奶奶這樣的老人，也要去幫助別人嗎？」

「當然啦！有句話是『家有一老，如有一寶。』，老人家的生命經驗是智慧結晶，不拿來利用太可惜了！」

「嘿嘿！到時候這個社區就會充滿為了還人情債而必須幫助別人的社員，我們就這樣以債養債，壯大『天使互助社』吧！」

「雖然我覺得是件好事，但怎麼後面聽起來怪怪的？」

不理會我的質疑，天天逕自帶著阮老師走向草坪前的噴水池，留下我和安麒在後頭。

「喂！阿立！」

「幹嘛?笨蛋王子?」

「不是跟你說過了，笨蛋是多餘的，要叫也得叫我『安麒王子』」。

原來安麒真的覺得自己是王子！

「阿立!我之前就想問你了。」安麒一本正經的說：「你是不是很愛幫人取綽號啊?」

「咦?」

「我記得聽你曾經叫阮老師『胖狐狸女』，還有你叫我『笨蛋王子』，又把那些經常和我聊天的女生叫做『粉絲團』。」

「欸……那怎樣?」

「我覺得你滿有想像力的，當軍官太可惜了。」安麒露出天真燦爛但卻令人感到不安的微笑說：「還是資源班的輔導老師比較適合你喔!」

「欸!」我驚訝的張大嘴巴問：「你怎麼會知道?」

「班上志願調查表是我收的啊!」

「你偷看我的志願!」

「只是剛好瞄到而已，我覺得你很適合啊！幹嘛要說謊？」

「閉嘴啦！」

「別不好意思嘛！當資源班的輔導老師很好啊！」

「不要說出來！別人會以為我有戀弟情節！」

「你是有啊！」

「你完蛋了！我要殺了你滅口！絕對不准說出去！」

我一時忘了安麒才剛出院毫不留情的追著他跑，直到看到他氣喘吁吁才趕緊停止。休息片刻後我們躺在草地上看著蔚藍的天空，想必在這炙熱的中秋時分，萬里無雲的好天氣將會一直持續下去吧！

「為了慶祝『天使互助社』的成立，我提議阮老師請客！」我大聲說道。

「阮老師請客！」

一聽到吃，天天馬上舉雙手贊成。

「好！那我就帶你們去吃著名的皇宮餐廳下午茶吧！」阮老師豪爽的答應了。

聽到自家餐廳，安麒表情露出一絲猶豫。

我抓緊機會問了個一直想問的問題：「喂！你住院的時候，你爸媽為什麼很少去看你啊？」

「……改天有空再說給你聽吧！」

「又來了，你這自以為英雄的傢伙。唉！算了，反正等你想說的時候再說吧！在哪之前我們還是快點跟上，晚了可就沒東西吃囉！」

我們小跑步跟上阮老師和天天，追著天天「活蹦亂跳」的背影，我不禁想起多年前，在安寧病房那個陽光無法灑進的角落裡，媽媽所說的最後一句話：「我和天天都要幸福……」

如果有一天，我有機會去鼓勵其他冏小孩，我應該會這麼對他們說：「人生或許不如意事十之八九，但只要打開心房勇敢改變，每個人互相幫助，生命一定會展現『心』的方向給我們看，讓大家都幸福！」

艷陽下，我們一起大步邁出實現夢想的每一步，而從噴水池灑出的水花透過陽光反射，映照出一道絢麗的彩虹，彷彿在預告「天使互助社」的未來一片美好！

培育文化
勵志學堂 47

冏小孩的天使計畫

作者　岑文晴
責任編輯　王成舫
美術編輯　蕭佩玲
封面設計　蕭佩玲

出版者　培育文化事業有限公司
信箱　yungjiuh@ms.45.hinet.net
地址　新北市汐止區大同路三段一九四號九樓之一
電話　（02）8647-3663
傳真　（02）8674-3660
劃撥帳號　18669219
CVS代理　美璟文化有限公司
TEL／(02)27239968
FAX／(02)27239668

總經銷：永續圖書有限公司
永續圖書線上購物網
www.foreverbooks.com.tw

法律顧問　方圓法律事務所　涂成樞律師
出版日期　2014年3月

國家圖書館出版品預行編目資料

冏小孩的天使計畫/岑文晴著. -- 初版.
-- 新北市 : 培育文化, 民103.03
面 ;　公分. -- (勵志學堂 ; 47)
ISBN 978-986-5862-26-8(平裝)
859.6　　103000447

※為保障您的權益，每一項資料請務必確實填寫，謝謝！

姓名		性別	□男　□女
生日	年　月　日	年齡	
住宅地址	郵遞區號□□□		
行動電話		E-mail	

學歷

□國小　□國中　□高中、高職　□專科、大學以上　□其他____

職業

□學生　□軍　□公　□教　□工　□商　□金融業

□資訊業　□服務業　□傳播業　□出版業　□自由業　□其他____

謝謝您購買 **冏小孩的天使計畫** 與我們一起分享讀完本書後的心得。務必留下您的基本資料及電子信箱，使用我們準備的免郵回函寄回，我們每月將抽出一百名回函讀者，寄出精美禮物以及享有生日當月購書優惠！想知道更多更即時的消息，歡迎加入"永續圖書粉絲團"

您也可以使用以下傳真電話或是掃描圖檔寄回本公司電子信箱，謝謝！

傳真電話：（02）8647-3660　電子信箱：yungjiuh@ms45.hinet.net

●請針對下列各項目為本書打分數，由高至低5～1分。

	5 4 3 2 1		5 4 3 2 1
1. 內容題材	□□□□□	2. 編排設計	□□□□□
3. 封面設計	□□□□□	4. 文字品質	□□□□□
5. 圖片品質	□□□□□	6. 裝訂印刷	□□□□□

●您購買此書的地點及店名____

●您為何會購買本書？

□被文案吸引　□喜歡封面設計　□親友推薦　□喜歡作者

□網站介紹　□其他____

●您認為什麼因素會影響您購買書籍的慾望？

□價格，並且合理定價是____　□內容文字有足夠吸引力

□作者的知名度　□是否為暢銷書籍　□封面設計、插、漫畫

●請寫下您對編輯部的期望及建議：

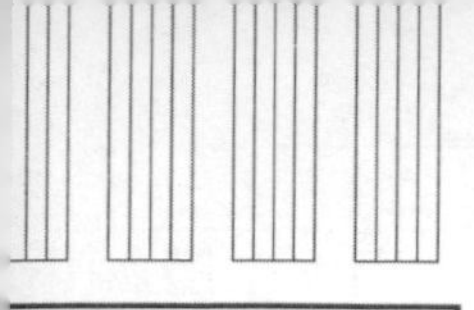

221-03

新北市汐止區大同路三段194號9樓之1

FAX：（02）8647-3660

E-mail：yungjiuh@ms45.hinet.net

廣　告　回　信
基隆郵局登記證
基隆廣字第200132號

培育

文化事業有限公司

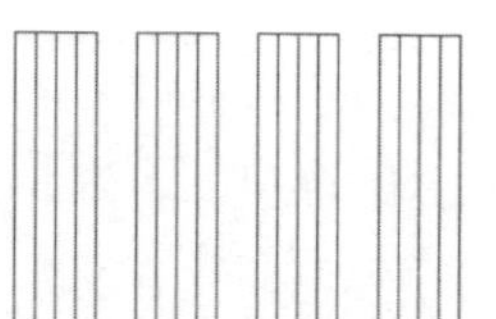

讀者專用回函

囧小孩的天使計畫

培養文化育智心靈的好選擇